文芸社セレクション

堤のさくら

武田 祐哉

TAKEDA Yuya

文芸社

目次

堤のさくら

一、清蔵のこころざし

伊豆で生まれ育った伊東清蔵は、変化に富んだ伊豆の自然が好きで、中学時代には伊豆半島をくまなく歩いて探索していた。

高校に入学してすぐに生物部に入部した。部活動では動物好きの先輩が、伊豆の動物の生態をスライドを使って説明したり、月二回土曜の午後に、生物担当で顧問の只野先生と共に、伊豆の山々の動植物の収集や観察をして歩いた。部活動の日に、時々只野先生は、伊豆半島の豊かな植生と動物の多様さが複雑な地形と地質構造、それに黒潮流と気候などと関係のあることをプリントを使って講義してくれた。生物部の共同研究では、野生動物たちの巧みな子育てや、厳しい自然界を生き抜くための子離れ親離れなど生態を学んだ。

二年の数学の授業は、学校名物の岩本先生で口角泡を飛ばして熱弁を振るう教育への熱意にひかれていた。将来、会社勤めより、只野先生や岩本先生のような、人をつくる教育の仕事が自分には向いていると考えるようになった。

三年になって、将来の希望と大学受験のことを決めなければならなくなった。清蔵には将来、生態学の研究者か教師かのいずれかの道に進みたいという夢があり、只野先生に相談した。学費の点で不安があったが、只野先生の出身大学に進学を決めて東京に行くことを両親に告げた。

清蔵の家は、西伊豆の仁科川上流の堤に近い小さな村の農家で、あまり裕福ではなく、家に隣接する畑でとれた野菜を母親が背負って町で売り歩いていた。

「静岡に沢山大学があるじゃない、静岡なら家から通えるし、なにも東京なんかに……」

母親は、学費の問題と一人息子を手放したくないことから地元の大学への受験を勧めた。

「東京は下宿代も高いじゃろに、家から通える大学でいいじゃないか」

賃仕事から帰った父親も、東京に出るのが反対であった。

「先輩が学生会館に入っていて、そこは部屋代がすごく安いし、奨学金も貰えるから、仕送りは少しでもやっていけると思うよ。先輩が学生会館に入居する手続きをしてくれることになってるから…、まあ、足りなかったらアルバイトでもするさ」

清蔵には、親元を離れて自立したいという願望が強く、広く世間を見たいと思っていた。

この決意は変わらず、昭和二十八年に大学の理学部に入学した。

当時の東京は、まだ戦後の名残が方々にあり、食糧難で街の食堂で飯を食べるには、米穀通帳を米屋に提示して貰う食券を出さないと米飯は食えなかった。先輩の配慮で、なんとか学生会館に入居でき、東京での生活が始まった。学生会館は、赤レンガの二階建てで戦争で焼け残った兵舎を改築したそうだが、かなり古びていた。

清蔵は、多くの兵隊たちがこの建物から外地に出兵していったのかと、戦争のむなしさをおぼえ、しばし全容を眺めていた。

管理事務室で手続きを終え、緊張しながら指定された２０５号室のドアをノックした。

「おお、いらっしゃい！」と、元気な声で三人が同時に叫んだ。

清蔵が自己紹介を終えると、一人が近づいて、遠藤ですと自己紹介し「伊東君仲良くやろうぜ」と笑顔で握手した。続いて他の二人とも握手した。

「伊東君の場所は、あの上段の廊下側で、上段にはこの横の簡易梯子を使うんだが、寝ぼけて踏み外さないようにな。それと伊東君のロッカーは、同じく廊下側だと」

遠藤は指で差し示しながら笑顔で言って、

「卒業し都庁に就職した佐藤君のあと年齢順で、おれが室長になっちゃったんだ。何でも気軽に何でも聞いてよ。じゃ、みんなで事務所に届いている伊東君の荷物を運び入れようぜ」と、付け加えた。

清蔵は、初めて見る建物内部の飾り物ない合理的な構造に感心した。長い兵舎を板で区切った四人部屋が廊下の両側に並んでいた。部屋の中央に木製の長机と四個の椅子があり、各自のロッカーは兵隊用の古い木製で、段ベッド式の個自領域の後方に作り付けの小机用の板がついて、ベッド兼勉強部屋になっていた。

「今晩は、夕食後伊東君の歓迎コンパをしよう。一人百円だな。酒は配給のご時世だから調理に頼んで何か飲む物を調達できるといいがな。長谷川君は調理の女の子に顔がききそうだが、どう？」遠藤は同学年の長谷川に声を掛けた。

「僕は、口べただからな、菓子とおつまみを買いに行くよ」

「じゃ、おれが調理の子に色目を使って調達しよう、ははは ぁ」と笑いながら言った。

同室の三人は大学も学部も違っていたが、地方出の貧乏学生で、新入りの清蔵を愛想良く笑顔で迎えてくれた。遠藤は新潟、長谷川は長崎出身で経済学部三年で、松田は北海道出身の文学部二年で、大学は違うがそれぞれ風土的な人間味のある人たちで、気安く付き合って新入室の私の会館内での共同作業を指導してくれた。休日には、五十円ずつ出し合い阿弥陀籤を使って買役を決めて近所の菓子店で求めた菓子をほおばりながら、室のテーブルで方言まるだしで時局を論じ、大声で談笑して友情を深めていた。

会館は学生の自治組織で、各部屋単位で廊下と便所の清掃当番が割り当てられていた。食堂は業者が経営して、自治会に提出した米穀通帳で米をまとめて買うらしく、米飯で安くて栄養のある惣菜が食べられた。だが、食事は定時までに食べることになっており、遊んで遅く帰ると飯を食いそこなうのであった。様々な大学の学生が入居していたが、みな青雲の志を秘めて、和気あいあいに共同生活を楽しんでいた。同類項の貧乏学生ばかりで、たまに街の歌声喫茶でコーヒー一杯飲むのが贅沢であった。

学生会館には、学生自治会の運営するアルバイト紹介所があり、清蔵も早速登録したが、多数の学生が登録しており、少ない求人に応募者が多く、毎回抽選で決めるので、希望の職種には、なかなかありつけず。持参してきた金も参考書の購入で乏しくなり、大都会なら簡単にアルバイト先が見つかるとの考えの甘さを痛感していた。

理学部の授業は、高校での内容と違ってかなりレベルが高く、欠席すると次の講義内容を理解できなくなるし、小講義室で行われるのでサボることは許されなかった。

四月中旬に、ようやく土日の週二日、夜の十時から朝の六時までの工場の夜警のバイトにありついた。他業より給金が高かったが、バイトの日は朝帰りなので勉強時間と睡眠の取り方が難題で、田舎出の者にとっては相当にきつかった。

朝、バイトから帰宿して会館の事務所の前で、家からの現金書留が届いていることを告げられた。母からの初めて目にする茶色封筒には、伊東の印が五個も押してあった。

大事に抱えて、自室に入って、改めて現金書留を見て涙がこぼれてきた。母が野菜を売り歩いて稼いだ尊い金であった。丁寧にハサミを使って封を切り、まず、母の手紙を読んで、止めどなく涙が出てきた。

故郷を離れてみると、ふるさとの良さが分かるもので、時々、伊豆の山々が目に浮かびノスタルジックな気分になっていた。夏と冬の長期休みには、両親も帰郷するのを待ちわびているだろうな、必ず帰って大学や会館での生活の話を聞かせてあげようと父母の姿を目に浮かべていた。

待ち侘びていた夏休みに入った。

帰郷した日、母は、貴重な餅米を使って清蔵の好物のおはぎを作って待っていた。

「東京は食糧不足だっていうからな。学生会館の食事はどうだや、足りてるかや」

母は、清蔵が三度の食事が満足にとれているかを気づかっていた。

「そんな心配いらないよ。会館の食堂には請負業者が入っていて、調理師の料理なのでかなり美味く栄養があるんだよ」

「体だけは、気つけんとな」

夜警のバイトは、睡眠不足で体をこわすおそれがあるので二ヶ月で辞め、日曜だけ古本屋の店番のバイトにありついた。いろいろな本が読めるので、最適であった。

都会での生活は、何となくせわしく時の経つのがはやく感じられた。毎月の仕送りの封書には、食料難が耳に入るらしいので、食事のことを気遣ってくれていた。

清蔵は、この学生会館で四年を過ごした。長くもあり短いようでもあった。

四年次になって、各教授の研究室に所属して卒業研究に懸命であった。研究室内の学生たちには、時々、大学院進学か就職かという話が出るようになった。清蔵は、これ以上母に負担を掛けることは出来ないので、大学院進学を諦め教職につこうと決心していた。

二、教職への道

両親は、一人息子の清蔵が静岡に戻って就職することを願っていた。清蔵は、年老いた両親のことも考え、さらに、自然豊かな故郷で暮らしたいという願望もあり、伊豆の田舎教師もいいと考えて、静岡県の教員採用試験を受けた。

卒論を書き上げた二月中旬に、合格通知を受け取った。

早速、母に手紙で知らせたら、二日後に会館の方に電話があった。

「ほんに、よかったなぁ。お父さんも、うんと喜んでるで」

「いま、どこから電話しているの」

「お隣の関口さんの電話を借りてんのよ。学校の先生になんのは、この集落で初めてや。それでどこの学校さ決まったんだ」

「採用試験に受かっただけで、勤務校はまだだよ、人事発表は三月末だからね」

「お前が学校さ勤めたら、電話をつけんといかんな」

「電話のことは後でいい。三月十二日に卒業式があるんだよ。式を終えたらすぐに帰れるように本や布団などの荷物まとめているから、帰る日に送るからね」

「卒業式はいつって言った？」

「三月十二日だよ」

「卒業式には親も出るのかや」

「東京に住んでる人は、親も出席するようだが。母さんはいいよ、大学生だからね」


三月下旬に内定通知が届き、韮山町の中学校に内定したので、一度、学校を訪問して校長の面接を受けるようにと書かれてあった。

早速、電話で連絡して学校を訪ねた。

清蔵の家から韮山町までは、バスと鉄道を乗り継いで行かなければならないし、東京と違ってバスの本数が少ないので、実家からの通勤は大変だと思った。

学校は、山あいのこぢんまりとした中学で、清蔵は懐かしい気分になった。

校長室には、校長と教頭が待っていた。気さくな校長で、学校の歴史を古いアルバムを開いて説明してくれた。さらに、東京での学生生活や、なぜ伊豆に帰って就職する気になったのかなど聞かれた。

同席した教頭が、生徒たちの学力の程度や進学状況などの内情を説明し、教員数も少ないので、理科と数学を担当することになると話してくれた。

一応の面接を終えて、

「是非、本校に決めてほしいのだが、どうだろう」校長は、清蔵の決意を促した。

「私はこの山間の学校がとても気に入りました。ただ、自宅から学校までは、バスと鉄道を乗り継いで行かなければならないので、通勤に時間がかかることが気になります」

「そうですな。西伊豆からは交通の便がよくないですからな。わしは、三島に住んどりますで、伊豆箱根鉄道一本でこれますがな」

「修善寺までは、伊豆の中央部の山を回り込むようなルートでのバスになりますから」

「そう、うちの英語の教員で、実家が松崎町のものがおりますが、バスと鉄道を使うので時間がかかるというので、農家の部屋を借りて下宿していますよ。貴方も、本校に着任することになれば、いい農家を紹介してあげますよ」と教頭は笑顔で言った。

「その時は、お世話いただくと思います。だが、両親とも相談したいので、一応保留にして頂きたいのですが」

　教頭は、ちょっと顔をくもらせて、

「そうですか。私も貴方に是非来て頂きたいので、良い返事をお待ちしてます。貴方の連絡先の電話番号をお教え下さい」と言った。

「実家は、電話をつけていませんので、いつも隣の電話を拝借しております。隣の電話番号をメモしておきますので」と、手帳から関口宅の電話番号をメモ用紙に書いた。

「教頭は、農家の方とも顔見知りなので、心当たりがあると思いますから、下宿のことはご心配なく、ご両親とも相談なさってご返事ください。人事の件は、教育委員会の方に報告しなければならないので、早めに良いお返事をお待ちしています」と校長が念を押した。

「分かりました。今夜にでも、相談しますので」と告げて学校を辞した。

帰りも、かなり時間を要したので、韮山中学の赴任を諦めようと考えながら帰宅した。

母親が心配そうな顔で「おかえり、韮山はどうだった」と言った。

「学校はこぢんまりして良い雰囲気だが、通勤に相当時間がかかるんだ」

「韮山はちと遠いなぁ。海岸沿いの温泉町の中学なら、いいんだけど」

「校長は、うちの中学に来てほしいと言ってるんだ。教頭も本校に赴任するなら、近くの農家に下宿を紹介してやると言うんだが……」

「折角、家族揃って暮らせると喜んでたのに、また、下宿だなんてな。お父さんが帰ってきたら相談するな」

日暮れに帰宅した父は、

「自分の仕事のことは、自分で判断することだ。わしは、韮山は歴史のある町だから騒々しい温泉町と違って、最初の赴任先としてはいいと思うな。人間も素朴だろうし」と助言してくれた。

翌朝、関口さんが清蔵さんに学校から電話が掛かっていると告げに来た。

こんなに朝早く、と思いながら電話に出ると、

「とってもいい大きな農家で、是非、貴男をお世話したいと言ってくれてる家があるから、本校に決定してほしいのだが、どうだ」校長は元気な声で決定を促した。

「そうですか。いろいろと有り難うございます。それじゃ、学校の雰囲気がとっても良かったので、韮山中学に決めます」と返事してしまった。

三月末に、韮山中学校に決定し、四月一日に赴任することになった。

やはり、通勤にかなりの時間を要して大変だったので、農家の河内さん宅の二階を借りることにした。河内家では、長男は静岡市、長女は浜松市に住んでおり、初老の夫婦だけなので賄い付きで下宿することになった。人の良い夫婦で、自分の家のように気兼ねなく使ってくれと言われ、食事も居間で家族のように一緒にとっていた。

独り身の気楽さで、休日には自然観察と健康のために、生まれ故郷の伊豆の山々を歩き、特に、生物の自然界での生き方に興味をもち、鳥や獣の巣を見つけると地図に印をつけておいて継続して観察し、子育てを望遠カメラで撮影していた。子連れの母親が、子どもを守るために外敵に対して猛然と立ち向かう姿や、発情期の雄は攻撃的になって極めて危険なことを知った。さらに、動物たちは、動作や行動と鳴き声などで、親子間で何らかの意思を伝える手段を持っているらしいが、言葉による意思疎通のできない動物が実にきめ細かな子育てをしていることが不思議であった。生物部で只野先生から教えられた「言葉をもたない動物たちがわが子を導いていくには、親が食べ物の在処《ありか》や危険な外敵から逃れる術《すべ》を自らの行動で根気強く示し教えていくことで、子はいずれ親離れして、過酷な自然環境のなかで自力で食や住を求めて生き抜いていかねばならない。そのために、親は成長の段階に応じて徐々に自立させ、強く逞しく育てることが必要不可欠な条件で、自立を促すことの大切さを本能的に心得ているのだよ」という言葉が思い出された。

母校の只野先生を訪ねて、韮山中学校に就職したことを告げようと思った。

電話して土曜の二時に母校で会う約束をした。

四年ぶりに会った先生は、とてもお元気で喜んでくれた。

「伊東君は、わたしと同じ道を歩いてくれているね」と嬉しそうに言った。

「先生の教えのたまものです」

「教員は、いろいろな教育問題で悩むこともあるだろうから、何かあったら遠慮なく相談にきてくれ」と、励ましてくれた。

「高校時代に生物部にいて、先生から教わったことがいろいろと蘇ってきます。折角、伊豆に戻ってきたので、理科の教員として伊豆の動物たちの生態研究していこうと考えていますので、ご指導をお願いします」

「おお、それはいい。わたしも生物部の顧問として相変わらず山歩きを続けているよ」

「野生動物の子育てを研究テーマにしようと考えています」

「着目がいいな。こまめに自然を足で研究して回ることだね。伊豆は動植物の種類が多く、子育ての様子なども観察ができるからね。伊東君と観察や研究した資料などの交流をしていこう」

清蔵は、先生の変わらない研究心を感じとり、意欲が湧き出た。

只野先生に会った数日後、偶然にもテレビで野生動物の子育てを映していた。その映像には、外敵から乳呑み児の命を必死で守る強い親の姿があった。わが子の成長とともに草原を連れて歩いて、縄張内の環境や外敵から身を守ることを教えていた。やがて巣立ち時期を迎えると、これに備えて子の成長を見定め、これ以上の保護は、子の自立の妨げになると、親は心を鬼にして厳しい自然の中に追い立てる巧みな子離れと、子が後ろを振り返りながらも親から離れてひとり立ちしていく親離れする姿に感動し、自然界に生きるものには本能とはいえ、親が子どもの成長を察知して子離れする知恵と、子離れ親離れの時機を逸することなく実践していることを知り、同じテーマの研究に意欲をかきたてられた。

動物の頂点に立つと自認している人間が、成人しても親離れせず自立もできず、三十代の若者が職につかずに、七十過ぎの親に養われているという話や、子に依存して子離れできない親もいるという現実を知り、人間の子育ても動物に見習うべきと考えさせられ、動物たちの生きざまから、人間にも、親と子の温かさの中に厳しさのある愛情に満ちた子育てが必要であり、子の将来を見据えて自立を育むことが大事であることを教わった。

三、清蔵の結婚

清蔵は、教師になって四年目に、下宿していた家主の河内氏の紹介で橋本静枝と結婚して、韮山に家を借りて新居を構え、その翌年には長男久夫が生まれた。

西伊豆の両親とは、離ればなれの生活だが、度々、母が孫に会いに来て、泊まって育児の手伝いなどをしてくれた。

清蔵は、父親という立場から育児と家庭教育を実践することになり、核家族と少子化した中での子育てのあり方を自らの問題として考えさせられていた。県の教育研究会などに度々参加して、過保護、過干渉の環境で育った子どもは、自立心に欠けたり、欲求不満に耐えられなく思い通りにならないとすぐにキレる性格になり、このマイナスの性格は、成人してからも引きずっていくことが多いことや、過保護、過干渉と溺愛の弊害を知って、家庭教育の大切さを痛感していた。特に、幼児教育については、核家族化し、少子化社会では、親と子が共に学び取る気持ちで、強制ではなくごく自然な子育てを心掛けることが必要であると思い、世の親たちに子育てのあり方を学ぶ場をつくることを、文書にして教育委員会に提案した。だが、一教員の提案など取り上げてもらえなかった。

教師生活十年目に入り、勤務している中学校の生活指導主任になって、保護者会などで親と話す機会が多くなり、この持論と家庭教育の大切さを保護者たちに話していたが、親も子が中学生の年齢になってからでは、子育て教育は難しいことが分かった。

幼児期から小学低学年までの家庭教育の大切さを、広く一般に呼びかけて、幼児期からの教育を話す場を持ちたいと思い、小中学校の教師たちの教育研究会の協力を得て、「日曜子育て教室」を、勤務校の教室で開くことを考えた。校長も賛成で教室使用を認めてくれたし、教育研究会のメンバーも大いに賛成して講師になると言ってくれたので、計画書を作成して教育委員会に行って委員に案件を説明した。

「核家族化して、若い親たちが子どもの教育に戸惑いを感じているようなので、私ども教育研究会のメンバーで子育て講座を開催したいので、計画書に書きましたので、ご検討頂きたいのです」

「教育研究会というのは、日教組の組織ですか」

「いいえ、組合とは関係ありません」

「どんな組織ですか」

「組織などという大げさなものでなく、ほぼ同年代の県内の小中学校の若い教師たちの自主的な集まりで、毎月第二日曜に研究会を開いて、単に学校内の問題だけでなく、家庭教育や子育てなど、身近な教育問題を話し合って教育現場での指導に役立てております」

「日曜子育て教室というのは、その研究会での着想ですか」

「はい、私が子育ての問題に関心があったので、委員会のメンバーに声を掛けました。協力してくれる方が出たので、まず、親たちに呼びかけて、私が勤務している中学の教室を借りて開こうと考えたのです」

「校長の許可を得ましたか」

「はい、うちの校長は大賛成で教育委員会共催のかたちにして、広報誌で一般の親たちに呼びかけて頂ければ、かなりの参加者が見込まれるだろうと教えて頂きましたのでお願いにまいりました。是非、実現したいのですが」

「なるほど、分かりました。ところで、あなたたちのボランティア活動なのですね」

「勿論です」

「では、教育長と委員会で相談して、後日、ご返事いたします」

一週間後に、教育長も大賛成なので、具体的に講座の内容と場所、日時などの実施要項を提出してほしいとの連絡があり、広報誌に載せてくれることになった。

第一回の講座は、研究会の五人の協力を得て午後二時から一時間ほど幼児教育について話をした後、講師と父母との個別面談をもった。参加者は母親たち十八名だけであったが、みんな熱心に聴いてくれて好評であった。個別面談では、様々な悩みごとの相談を受け、現実的な問題が浮かび上がってきた。

五月から始めた講座の参加者は二十七名を超えるようになって、講師たちは手ごたえを感じていた。

研究会のメンバーが、同じ［日曜子育て教室］を、他でも開くように市の教育委員会に当たってみることになり、それぞれの学校の教室で毎年開いていた。

清蔵は、その年の春に三島市の中学に異動することになった。三島は、東海道線と伊豆箱根鉄道の停車駅で、教育・文化施設が完備しており、街に活気があった。韮山から伊豆箱根鉄道一本で行けるので、住居はそのまま韮山から通勤することにした。三島は交通の便利さもあって、青年教師として意欲的に活躍の場を広げていった。

三島の中学に移って、三年目の秋に年老いた父が病で亡くなった。

「一人で田舎暮らしでは、病気になったときに大変だから、韮山に来なさい」

老いた母の一人暮らしを心配して韮山に引っ越すことを勧めたが、

「この家は、父さんの建てた家だで、父さんの位牌と一緒にいるで、心配いらないよ」と頑として、韮山に移ることを拒んでいた。

「じゃ、隣の本山さんに、ときどき声を掛けてもらうように頼んでおくからね」

「本山さんとは、しょっちゅう顔ば合わせてるで」

清蔵は、高齢化社会では地域での見守りなどのつながりが大切だと思って、本山宅と須山宅の両隣にお願いしてきた。

ところが、年明けて二月二十日に、本山さんが電話で学校に、母の突然の死を知らせてくれた。

「朝方、声を掛けても返事がないので、戸を開けて見たら、布団に寝たまま亡くなっていました。多分、今朝方、息を引き取ったと思われます。ご主人のあとを追うように、苦しんだ様子もなく、大往生でした。一人暮らしの方の死亡は、警察に届けて検死を受けることになってますので、寝たままにして、110番しておきました」

「いろいろとご配慮頂き、有り難うございました。早速、家族でまいります」

清蔵は、急ぎ小学校に電話して、久夫を早退させ、一家で実家に向かった。

家族が西伊豆の家に着いて間もなく、医者がきて検死に立ち会うことができた。

葬儀を終えて、西伊豆の家はきちんと戸締まりして、空き家のままにして置くことに決めた。

四、教頭時代の活躍

清蔵が四十一歳のとき、一人息子の久夫は中学三年で高校の受験勉強に励んでおり、成績も良かったので、進学校を目指していた。

「僕、韮山高校を受験することに決めた。韮山には友達が沢山いるし、山が好きだから」

「そうか、久夫の人生だから、自分で決めるのが一番だよ。韮高は歴史のある学校だから、卒業生には立派な人物が大勢いるよ。でも、難関だぞ」

清蔵は、この年に校長の勧めで教頭試験を受けることになっていた。

三月下旬に、高校の合格発表があり、久夫は韮山高校への入学手続きをした。

清蔵も教頭試験に受かって、松崎町の中学校の教頭として赴任することになった。

「さて、困ったな。久夫は韮山に留まり、私は、松崎中学に赴任することになって、韮山からの松崎への通勤は無理だから西伊豆の実家に戻ることになるが、どうかな」

清蔵は、妻の静枝に相談した。

「そうね。お父さんが下宿していた河内さんの家に、久夫の下宿をお願いしてみたら」

「なるほど、河内さんは、私共の仲人だし、親戚みたいなもんだからな、久夫の下宿を受けてくれると思うな。明日にでも頼んでこよう」

清蔵は、久夫を連れて河内宅を訪れて、下宿を頼んだ。

「おお、久夫君は、もう高校生か。まずは、韮高合格おめでとう。久夫君の下宿は、喜んで受けるよ。久夫君は、私の孫みたいなもんだからな」

と笑顔で、快く引き受けてくれた。

「久夫が河内さん宅に下宿か。私の跡をたどるようだな。これも偶然のなせる業かな」

「たぶん、神様があなたと同じ道を歩かせているのよ」と静枝は笑顔で言った。

西伊豆の実家に住んでみると、各部屋のあちこちに、両親の面影があり、古家ながらわが家に戻った気がして落ち着いた。この家から松崎中学まではバス便だが短時間で行けた。

海岸沿いの松崎付近には、多くの観光名所があり、温泉地として賑わっていて都会風の三島とも山の手の韮山とも違った雰囲気に見えた。教頭は教科を担当しないので、生徒との直接の指導は持たないが、生徒の家庭環境も韮山とは異なるようだった。

教頭として、保護者会で話す機会が多くなり、持論の家庭教育の大切さを繰り返し述べていた。特に、幼児期から少年期に、人格形成の基盤がつくられることや子育ての大切さを強調していた。

校長と相談して、清蔵が講師になって、一般町民にも呼びかけて、子育てをテーマに講演会を体育館で開いていた。

「這えば立て、立てば歩めと昔から言われてます。この言葉は、子どもは自ら立とうとし、立てると、次に歩いて行動範囲を広げようとする能力を内在しているのです。このように、子どもには、成長とともに、肉体的自立だけでなく、精神的な自立しようとする願望があるのです。だが、子どもの精神的な自立を阻害しているのは、親の溺愛による過剰な保護と干渉なのです。過保護と過干渉は、子どもが自ら考え、自ら行動しようとする意欲をなくします。手を掛けてやるのが愛情と思い込み、子離れ出来ない親の存在が自立を妨げているのです。昔から〈可愛い子には旅をさせよ〉と言われてますが、これは豪華な温泉旅行を指しているのではなく、草鞋履きで峠を越え川を渡り、根性をもって自分の脚で目的地にたどり着くこと、つまり、苦難に挫折することなく目的を達成する根性を醸成させることを言ってるのです。現代では草鞋履きの旅はできませんが、その精神で子どもを健全に育ててあげてもらいたいのです、子は国家の宝ですから。家庭教育と学校教育は、子が順調に育つための両輪です。本校の教員は、お子さんの健全な育成を目指し教育の一輪を担っていますので、ご家庭でも子の将来を見つめた子育てのもう一つの一輪をしっかり担っていただくことを願ってます」

清蔵は持論の子育てのあり方を話した。

さらに、定期刊行の「学園だより」にも学校教育と家庭教育は車の両輪で、特に、家庭教育の大切さを述べ、「情におぼれ甘やかして愛玩物のように愛撫するのは誠の愛情にあらず〈優しさのなかに厳しさのある〉、親と子が強い絆で結ばれ、子の将来を見据えた子育てが大事だ。と強く訴えていた。

学園だよりが好評だったので、最近の報道から事例を引用して、子育て論を続けて書いた。

「親が己の生き様を示すことなく、己のなしえないことを子に強要したり、過度の干渉で思い通りにならないわが子の行動に腹をたてて、しつけと称して暴力を振るったり虐待する親もいるということを新聞報道で知って嘆息しています。これは子育てとして落第です。また逆に、溺愛して青年期を過ぎても、親が子離れできず、精神的に自立のできない人間にしてしまった事例を耳にして、動物たちに劣る子育てをしている親のいることに唖然としています。豊かな文明社会に生きる人間が、親離れ子離れを自然体でなしえないのはなぜでしょうか、わが子が自分の脚で立ち、自らを律する力を育てるのが親の責務なのです」

学園だよりには、度々幼児教育の大切さを載せていた。

久夫は、静岡大学工学部に入学し、エンジニアの道を歩むことになった。卒業時に大学院に進もうかと迷っていたが、就職を決断し、静岡の自動車関係の会社に就職し、会社の研究部門に所属していた。三年後、会社の上司の紹介で上条房子と結婚して、静岡市内のマンションに落ち着いた。

結婚一年後に、男の子が授かり、勝之と命名した。清蔵と静枝は、大喜びで、早速、病院に駆けつけ、孫の誕生を祝った。

だが、医者から勝之は生まれながら右脚が僅かに短いことを告げられていた。出来るだけの治療をしてもらうように医者に頼んだが、生後五ヶ月前に手術するのは無理があると言われた。勝之は、脚を痛がる様子もなく元気に育っていった。五ヶ月目に、主治医の紹介で大学病院で診察してもらったが、現在の医療では、治療できないと診断された。

清蔵は、何とか治療したいと、病院からレントゲン写真を借りて、東京の病院に送って診断してもらったが、同じ答えが返ってくるだけだった。なすすべがなく、成長の過程で治ることを期待していた。勝之は、順調に育ち、呼びかけに笑顔で答えるようになった。

「早々に、お爺ちゃんとお婆ちゃんになれたよ」と、静枝ははしゃいでいた。

清蔵は、母親の幼児教育の持論を話して、脚のことを不憫に思って手を掛け過ぎたり、可愛がり甘やかし過ぎないように注意していた。また、母親がささいなことで過敏になり、いらいらすると子どもは、母親の気持ちを察知するので、できるだけ自然体にゆったり育てるように話していた。


久夫の会社は、海外や国内の自家用車のブームの波にのって成長を続け、久夫は研究部内の一部門の主任に抜擢されていた。

勝之が小学二年になったとき、久夫は会社から、

「伊東君、この度の人事異動で、君にタイに行ってもらうことになったよ。労賃の安いタイで、部品の生産を行うことになったので、技術指導にタイに行ってもらいたいのだ。タイには、メイド付きの住宅が用意してあり、現地手当もつくので、四、五年ほど家族で移住してもらえないだろうか」と突然告げられた。

「内定ですか」

「いや、決定なんだよ」

久夫は、会社の人事の決定では動かすことができないことを知っていた。

帰宅して妻の房子に話すと大変驚き、勝之のことが心配で、咄嗟に答えられなかった。久夫も、小学二年の勝之の教育のことが気になって、父に電話をした。

「会社から、タイに転勤を命じられたよ。向こうで部品を製造することに決まって、その技術指導を担当するんだよ」

「海外とは……、会社の人事は突然なんだなぁ。タイのバンコクか」

「いや、チェンマイという地方都市なんだが、人口は九六万人もいるんだよ」

「そこには、日本語学校があるのか」

「詳しいことは、分からないが。多分、ないだろう。それに、今のタイは、政情が不安だから、勝之は連れていかれないよ」

「よし、分かった。私が預かろう。来年定年だが、静枝がいるから大丈夫だよ。帰宅したら、静枝にこのことを話そう」

「有り難い、勝之もお爺ちゃん、お婆ちゃんと一緒に暮らすのなら喜ぶだろう」

「何年ぐらいいるんだね。」

「四、五年だそうだよ。けど、現地の都合で延びるかもしれないというんだ」

清蔵は、久夫の海外転勤と勝之を預かることを話した。静枝は、タイに転勤と聞いてびっくりしていたが、勝之を喜んで引き受けると言った。

その三日後、久夫は、勉強用具を詰め込んだランドセルを背負わせた勝之と、両手に荷物を提げてやって来た。

「差し当たって必要な物を持ってきましたが、後は、まとめて送りますから」

勝之は、両親の海外行きを納得したらしく、素直に、西伊豆の家の家族になった。

五、一本のさくら

　勝之は、五月に地元の小学校に転入学した。この小学校は各学年が一クラスだけの小規模校で、二年生は二十五名だった。

　翌年、清蔵は定年を迎え、退職後、妻の静枝と孫の勝之の三人で暮らしていた。屋敷内の隅を畑にして健康維持のために、静枝と野菜作りをしたり、読書をして日中を過ごし、三年生になった勝之が学校から帰ると、その勉強相手をしていた。

　勝之の育て方にも心を砕き、己の教育理念に基づき孫の可愛さにひかれて甘やかすことなく、あまり干渉せず自ら判断して行動するように、何度も自主自立と教え、けじめをつけた接し方をしていた。

　勝之の右脚は治らず少し短いだけだが関節がやや変形しており、足をひく歩き方のために、小さい頃から一人遊びに慣れていた。清蔵は、脚の悪い勝之を不憫に思っていたが、出来るだけ健常者と同じように家の手伝いをさせていた。勝之も庭いじりや畑仕事も厭わず手伝い、祖父と仕事をするのが楽しいと言っていた。

堤のなだらかな斜面に、水辺に向かって枝を伸ばした一本の桜があった。

「おじいちゃーん！　堤の桜が咲いてたよー」

勝之が大声で叫びながら、不自由な脚で懸命に駆けてきた。

二月になったばかりで肌寒いのに、もうちらほらと咲き始めていた。

「おお、もう咲いたか、あの河津桜は早咲きなんだよ。特に、ここ数日は、暖かだったし、勝之がよく世話をしたからな」清蔵は、笑顔で勝之を褒めた。

河津町の名がついたこの桜は、二月上旬頃から咲き始め、鮮やかなピンクの花が見事なので全国に知られるようになり、最近では伊豆から関東一円にまでも広く植えられていた。

「ピンクのつぼみを沢山つけているから、そのうち満開になるね。でも、一本だけじゃ、ちょっと寂しいなぁ」

「そうだなぁ。もう二、三本植えたいけどなぁ」

「六月頃に小さな桜んぼをつけるけど、あの実を植えれば、生えてくるの？」

「あの桜んぼを植えても、まずは駄目だろうな。種から育てるのを実生って言うんだが、桜は実生が難しいでな」

「あの桜、ひとりぼっちなんだから、友達を欲しがってんだよ。僕、あの桜と同じのを植えて友達をつくってやりたいんだ」

「桜の友達か、それもいいな。苗木を植えればいいんだが、あそこは役所の許可がいるのでな」

　清蔵は、この辺りは、村外れの集落で家もまばらなので、子どもの数が少なく、勝之は友達が欲しいのだろうと思った。

「あの桜は、いつ植えたの？」

「ああ、勝之が生まれた年だから、もう九年も前になるかな」

「じゃ、あの桜は、僕と同い年なんだね」

「あはっはぁ、そうだな。でも、三歳ぐらいの苗木だったから、ちょっとお兄ちゃんかな」

清蔵の家は、この川の堤の近くにあった。清蔵は、堤の道を通りながら、堤に何もなくて殺風景なので、この堤を桜並木にして地域の人々の憩いの場にしたら、天城の山々をバックに素晴らしい景観になり、さぞかし喜ばれるだろうと思っていて、青年団に相談を持ちかけたのだった。

「おじいちゃんが、一人で植えたの？」

「地元の青年団に相談して、この堤に桜を植える計画を立てたんだ。村の世話役も大賛成でな、村の積立金を資本に毎年植えて、立派な桜並木にしようと、わしと青年団の人とで植えたんだよ」

「えっ！　桜並木にするのか！　僕も大賛成だ。そうなったら堤がすばらしい名所になるだろうなぁ」

「青年団の宇田さんが、知りあいから、三年物の河津桜の苗木を一本だけ分けてもらったんで、まずは一本を青年団の佐藤さんや宇田さんと三人で試しに植えたんだよ」

「僕の誕生の記念なんだね」

「そうだよ。だから大事にしような」

「でも、どうして、一本だけでやめたの？」

「あの時は、堤に植樹するには許可が必要だとは知らなかったんでな。許可なしで植えたんで役場からお叱りを被って、桜並木の計画は取りやめになったんだ」

「ふーん、残念だなぁ。何とかならないかなぁ」

勝之が、訴えるように清蔵の顔をじーっと見た。

「この川は準用河川に指定されていて、村が管理してるから、堤に木を植えるには村役場の許可がいるんだ。あの一本は、植えたものは仕方がないといって特別に許可してくれたんだよ」

「堤を桜並木にしたら見事だろうに、残念だなぁ。あの桜も友達ができて喜ぶだろうし」勝之は、再び残念そうに言った。

「勝之もわしと同じ考えのようだな。でも、村役場がねぇ」

「何とかならないのかなぁ。町からも大勢の人がお花見に来るから、この寂しい集落も賑やかになるのになぁ」

「そうだな、もう一度当たってみるか。でも、お役人は頭が堅いんでな」

清蔵は、勝之の話を聞いているうちに以前の夢が蘇り、もう一度、村役場に掛け合ってみようと思って、堤に伊豆の地にふさわしい河津桜を植えて桜並木にすれば川面に映える美しい桜花が見事な景観の観光地になり、村おこしになるという要望書を作成して役場に提出した」

だが、何の返事もないまま二週間を過ぎたので、村役場に出掛けて行った。

担当者は、面倒なことを持ちかけてきて迷惑だという顔をして、

「村には桜並木を企画する予算がありませんから、村議会で承認されませんよ」

と相手にされなかった。

六、いじめの標的

その後、政府の町村合併の呼びかけに応じて、隣村と合併して西伊豆町となった。村から町になったが実質は変わらなかった。

この集落には勝之の遊び相手となる子どもがいないので、彼は次第に内向的になっていった。勝之の内向的な性格が将来の妨げになると考えて、清蔵は出来るだけ外に向けさせるように努めていた。低学年のときは、学校の友達をよんで手作りの菓子でささやかな誕生会をやってあげたり、買い物などで街に出るときには連れて行って一緒に食事をしていた。夕食後は勉強の相手をしてやりながら心構えを話し、将来への夢をもたせるようにしていた。

勝之も小学校の四年の頃までは、勝ちゃんと呼ばれて学友たちが仲良くしてくれたので、あまり障害を気にしていないようだった。

清蔵は、長く教育に携わっていた経験から、小学五年から六年あたりになると、そろそろ思春期の初期に入り、仲間意識が強くなって仲間に入り込めない者を無視したり、いじめの対象にしたりする傾向を知っていた。勝之の脚が悪いので疎外されていじめの対象になることを懸念して、〈障害を気にするなよ。障害を乗り越えてこそ、人間が強くなるんだからな〉と励ましの言葉をかけていた。

小学五年のとき、歩くたびにランドセルの中でカッタン、コットンと音をたて、横にさげた小袋が左右に大きく揺れるのを見て、悪童の一人が歩き方を真似てピッコタン、ピッコタンと言いながら、勝之の後ろをついてきて、「そうだ、お前をピコタンと呼ぼう」と言い出した。

それ以来、悪童連中からピコタンと呼ばれてからかわれ出した。勝之はこれを屈辱に思って抗議していた。だが、それから勝之へのいじめが始まった。

机の中に虫を入れられたり、〈ピコタン、おまえは邪魔だ、死ね〉と落書きされたりして、勝之の反応を悪童たちがふざけ合いながら陰で見ていることが度々あった。勝之は、中学に入ったらこんないたずらはなくなるだろうと、祖父にも言わずに耐えていた。

だが清蔵は、教員経験から勝之へのいじめをうすうす感づいていたが、先輩ぶって学級担任に抗議するのを控えていた。

勝之の気落ちしたような態度を見て、声を掛けた。

「勝之に聞きたいことがあるんだ」

「どんなこと？」

「学校でのことだが。勝之は、学校でいじめられているんじゃないのか？」

とストレートに尋ねた。

「えっ、うん」

「何かあったら、自分だけ抱え込んで悩まずに、わしに打ち明けるんだよ。話した方が気が楽になるからな」

「意地悪する子がいるけど……。でも心配しなくていいよ」

「勝之も脚の悪いのをからかわれても構うんじゃないぞ。涙ぐんだり、むきになったりすると、その弱みにつけ込んで面白がって益々絡んできて、いじめの標的にされるからな。からかわれても無視して、あんな奴らに負けまいと気力を出して勉強で頑張ることだな」

「僕は将来への夢があるから、からかわれても平気だよ」

「勝之は強いなぁ。だが、からかい半分の行為は無視していいが、暴力や酷いいじめを受けた時には、一人で悩まずに、わしやお婆ちゃんに相談するんだよ」

「うん、分かった」

「悩みを打ち明けずに内にこもるのがよくないからな。耐えられない屈辱を受けたときにも話してくれよ。いじめる側といじめられる側の双方に、後々しこりを残さないために早く解消することが必要なんだからな」

清蔵は、最近、方々の学校でいじめが問題になっているので、勝之がこのようないじめに遭うことを懸念して、再度、相談するように繰り返し言っていた。

勝之は、通学に堤の道を使っていた。

「あっ、ピコタンが来た！」

「やつは歩くのが、まったく遅せいなぁ。片っ方の脚がみじけえからこんな風にピッコ・タンってなるんだ。あはっはぁー」

堤の一本道を体を揺すってやってくる勝之を悪童四人組が見つけて、歩き方を真似て大笑いしたり、わいわい騒ぎながら獲物を狙うハイエナのように桜の木の近くを徘徊しながら待ちかまえていた。

勝之は、群れている連中を見つけ、避けようと思って注意しながら手を使って堤を畦道の方に下りかかった。すると彼らは一斉に走ってきて勝之を取り囲んだ。

「おいピコタン！　なんで逃げるんだ」

「僕に、何か用？」

「てめえ、帰るときに、先公と何を話してたんだ」

西山がテレビのやくざのまねをして凄んで言った。

「先生に、作文に書いた桜のことを聞かれたんだよ」

「俺たちのことをチクったら承知しねえぞ」

加藤由夫が腕組みをして偉そうに言った。

「何も言ってないよ」

「この前、桜の枝をちっと折っただけで、おめえのくそじじいに、えらく怒鳴られたや、まったくむかつくじじいだなぁ。この桜はおめえんちのじゃねえだろう」

「きっと、作文に桜の枝を折ったやつがいるって書いたんだろう、なぁ。そうなんだな！」側にいた西山が、加藤の威を借りて突っかけてきた。

勝之は、黙って帰りかけた。

「おい、返事しろ！　謝らなきゃ帰さねえぞ」と、津田が行く手を遮った。

「ごめんなさい」

謝る理由はないのだが、勝之は連中とは係わりたくなかったので頭をちょこんと下げ小声で謝って、〈絡まれても無視することだ〉と急ぎ足で立ち去った。

その後ろを、お調子者で小兵の西山昭雄が「ピッコタン、ピッコタン」と叫びながら歩き方を真似てついてきたので、勝之は急いで逃げた。彼らはそれを見て、勝之の背後からふざけた罵声と品のない笑い声を浴びせた。

七、中学進学

勝之は地元の中学に進学した。山あいにあるこの中学校も、各学年一クラス制の小規模校で、一年のクラスは小学校のときと同じの二十五名で、他の学年より少し多かった。

この狭い地域では、中学でも悪童どもと同じ学校なので相変わらずピコタンと呼ばれ、いじめの標的から逃れられなかった。

清蔵は、勝之が中学でもいじめに遭っていると気づいていたが、勝之が言い出すまで口出しするのは控えていた。だが、段々と酷くなっていくことを感じとって心を痛めていた。

中学一年の学級担任は、国語担当の若い篠崎先生だった。篠崎先生は、大学の指導教官に、生徒と同じ目線に立つことが大切だとの教えに従って、生徒の中に友達のように入り込めば良い指導が出来ると考えて、自主性を重んじ、自由にのびのびと行動させる教育方針をとっていた。

勝之は小学生のときよりもさらに、嫌がらせやいじめなどを受けるようになり小学校の友だちからも疎外され、交友関係の嫌な面を知ってから自分の殻に閉じ込もるようになっていた。いじめに遭ったときは、祖父の言葉を心の中で反復し自分を励ましていた。成績が良く、特に理科と数学は優秀なのだが、体育だけはだめでクラス内で二手に分かれてのドッチボールなどの球技では、「ピコタンがチームに入ると負けるからあっちにいけ」と嫌われて、校庭の隅に座って見学するようになった。

成績の良いのを妬む子もいて、何かにつけていじめられたり、無視されたりしていた。

番長の加藤由夫は中学生になって背が伸び、クラス一番の長身で五、六人の者が子分になっていた。

学級委員で大柄な飯島初恵だけは、勝之をあだ名で呼んだことがなく、いつでも守ってくれた。初恵は学校を終えてから町の道場で柔道を習っており、初段をとっていて町の少年の部では相当なところにランクされていた。

放課後、黒帯の柔道着を担いで堂々と歩いて行くので、いじめっ子たちも初恵には一目置いて、逆らえなかった。

初恵は義侠心が強く、担任の篠崎先生がホームルームの時間に悪のりしてピコタンと呼んだとき、即座に「先生！　駄目じゃない！」と声高に叫んだ。

いじめの現場を見つけると、

「あんたたち！　何で弱い者いじめばかりするんだ！　許さないぞ！」

と大声で啖呵を切って、やめさせてくれたり、授業中に騒いでいると、

「うるさい！　静かにしろ！」と大声で注意していた。

担任の篠崎先生よりも威力があり、クラスをまとめる力があった。

職員室では、篠崎先生がいないときに、

「飯島初恵は実にしっかりしている。担任代行だね」

「大きい声で言えないが、担任以上だな」

「クラスを取り仕切っている姉御っていうところだな、将来は大物になるぞ」

などと、先生方の間で大変な評判になっていた。

篠崎先生は個性を伸ばすには、自由に育てることだという教育理念から教室の座席も自分の好きな所に座らせていた。しかし、悪ふざけするグループが固まって座り、授業中も絶えずおしゃべりしたり、歩き回ったりするので、まじめに勉強しようとする生徒が迷惑していた。初恵はこの篠崎先生の指導に批判的になって、もっと厳しく指導するように先生に進言していた。

一学期の中頃から、クラスの雰囲気が益々浮き足立ってきて、悪ふざけをする加藤の仲間に同調する者が出てきた。授業中に騒がしいとき初恵が注意すると、奇声を上げて冷やかしたり、机を叩いて囃したてたりして、教科担任の先生方から、騒がしくて授業が思うように進まないと苦情が出るようになった。

いじめっ子グループは、〈ピコタンはキモイ〉と言ったり、勝之の持ち物を隠したり、蛙の死骸を机に入れたりの嫌がらせやいたずらをして、勝之が悲しい顔をするのを面白がっていた。小学校で仲良しにしていた子は、勝之が机の側を通ったときに筆箱を落とされて壊れたと難癖をつけて、弁償しろと金を要求して小遣いを取ったことがあって、友だちも信頼できなくなっていた。

勝之は一人寂しく帰り、堤に来て涙を流し、一本の桜だけが自分の味方だとの思いで幹を撫でて悩みを打ち明けたりしていた。だが、自尊心の強い勝之は、祖父から教わった〈ならぬ堪忍するが堪忍〉の言葉を心にとどめてじっと耐えて、家に帰ってからは、平然として泣きごとを言わず、脚の悪いのを乗り越えてこそ、本当に強い人間になるんだと自分に言い聞かせていた。

静枝は、勝之が元気のないのに気づいて、いじめに遭っているのではないかと案じていた。だが、余計な口出しをして、勝之を窮地に追い込むのではないかと躊躇っていた。


堤の桜が満開の頃から加藤たちのグループが度々堤に来て、煙草を吸ったり、枝を折って振り回したりして遊んでいたが、花が終わると、たまにしか来なくなった。桜は新緑に彩られ、堤は春ののどかな情景をかもし出していた。

勝之は学校帰りに堤でわいわい騒いでふざけ回っている例の四人を見かけた。〈しばらく来なくて静かになって良かったと思ってたのになぁ〉と独り言を言いながら近づいてみると、緑の若葉をつけた枝が数本道に捨てられていた。

〈若葉をつけたばかりなのに、酷いことをするなぁ。昨日やったのも、彼らに違いない〉勝之は、桜がいじめられているようで我慢できなかった。やっちゃいけないことを注意も出来ないのでは、意気地なしだと勇気を出して近づいていった。

「おいピコタン。どうした」

「そんな目で見て、俺たちに文句があるんか」

「お願いだから枝を折らないでくれ、木が痛がっているから」

思い切って静かに抗議した。

「おお、俺たちにいちゃもんつけんのかよ」

「へえー！　木が痛がってんだってよ。ああ痛てぇ、痛ーえってピコタンみたいに泣いてんのかよ」

「木は、ものが言えないから、可愛がって育てれば綺麗な花を咲かせるんだと、おじいちゃんがいつも言ってるんだ」

「おー、おめえんとこのくそじじいが言ってるのか。昔、センコウだったんだってな。老いぼれセンコウは、おれたちの学校にも顔をきかせてんのかよ」

西山が乱暴な雑言を吐いた。

「おじいちゃんの悪口は、よしてくれ」

「おお！　おれたちに逆らう気か。生意気いうなぁ！　このやろー」

津田が勝之の肩を小突いた。

「とにかく、桜を折らないでほしい、木にも命があるんだよ。お願いだから」

勝之は毅然として言った。

「この土手の桜は、お前んちのかよ」

後ろで偉そうに腕組みをしていた加藤が言った。

「桜は、おじいちゃんが植えて、僕とおじいちゃんが育ててるんだよ」

勝之は、だんだん度胸がすわってきて、再び、強く主張した。

「おおー、ピコタンが絡んできたぞ！」

西山が、後ろで腕組みしている加藤に告げるように喚いた。

「偉そうに言うじゃねえか！　俺たちをなめるんじゃねえぞ」

津田がすごんで言った。勝之は、相手にしない方がいいと思った。

仲間の威をバックに、痩せの津田が前に出てきて、勝之の胸ぐらを摑んだ。

「文句じゃない、木を折らないでくれって言ってるだけだよ」

勝之は、気持ちが高ぶってきて、津田の手を強く振り払った。

「おう、やる気だな」津田が詰め寄ってきた。

「ごたくを言うんじゃねえ。ぶん殴るぞ！」と、西山が入り込んできた。

「やっちまえ！」津田が叫んだ。

加藤と安藤は腕組みして、にやにやしながら見ていたが、西山と津田は、勝之を囲んで小突きながら、堤の端まで押してきた。

勝之は喧嘩はしたくないが、何としても、このままでは引き下がれなかった。

〈もう逃げられない、おれは弱虫じゃないぞ。殴られてもいい耐えるんだ〉と、いろいろな思いが頭の中を駆け巡っていた。

西山が殴りかかってきたので、その拳を避けて屈み込んだ瞬間、足で蹴られて押し倒された。二人にさんざん足で蹴られ、抵抗せず転がされた勝之に津田が唾を吐き掛けた。

勝之は、歯を食いしばって、お前らには負けないぞ。そのうちに見返してやるぞと、心に誓って耐えていた。

「おぉ、そのくらいでいいだろう」加藤が番長らしく威張って命令した。

「センコウにチクったら、この十倍ぶん殴るぞ」

捨てぜりふをはいて、四人は引き上げて行った。

勝之は川に下りて手足を洗い、ハンカチを濡らして上着の泥を擦り取りながら悔し涙を流していた。

外で畑仕事をしている祖父に見つからないように、そっと家に入り自分の部屋で丁寧に上着とズボンの泥を拭いて、顔の傷に薬を塗った。

夕飯のとき、清蔵は「どうしたんだ、顔の傷は？」と、勝之を見て言った。

「堤で転んだんだ。薬を塗ったから大丈夫だよ」

「誰かにやられたんじゃないのか、そうだったら自分だけで抱え込まずに話しなさい」

「そんなんじゃないから、心配しなくていいよ」と平気を装って言った。

清蔵は、中学でも勝之へのいじめが続いているのではなかろうかと思ったが、学級担任に尋ねると逆効果になるような気がして控えていた。

だが、勝之は隠しているが、今日の顔の傷と服の汚れから暴力を振るわれたと察知し、なんとか、現場を押さえられないかと、清蔵は勝之が下校して堤を通る頃合いを見計らって、堤を往復していた。

勝之は、中学生にもなって、祖父に情けない不様な自分をさらけ出すことはプライドが許さなかったし、祖父に話せば、祖父は必ず篠崎先生にいじめの対策をとるように言いに行き、篠崎先生は連中を呼んで軽く注意する程度で済ませるに違いない。だが、担任の注意など気にしない連中は、祖父が担任に言ったことに怒り、捨てぜりふの通りに仕返しをするだろう。仕返しなどは怖くないが、祖父に打ち明ければかえって悪くなると考えた。

その後、加藤グループのいやがらせが酷くなった。勝之がトイレに行く後を三人がつけてきて、小便をしているところを強く押された。勝之のズボンに小便がかかり、便器の周りの床を汚した。

「おい、ピコタン！　便所を汚したら掃除をしろよ」

津田が、にやにやしながら言った。

「ハンカチで拭け、ハンカチがねえなら、床を嘗めろ」

後ろを押した小岩が言った。

「ご免なさい。雑巾を持ってきて拭くよ」

勝之は、歯を食いしばって堪えて雑巾で拭いて教室に戻った。

「おーい見ろよ！　ピコタンがおもらしてズボンが小便だらけだ、お笑いだぜ、はぁはー」

小岩が勝之のズボンを指さしながら大声で言った。

周りの生徒は、係わりたくないというように、冷ややかな目で見ていた。

「何、言ってんだ！」

飯島初恵が大声で怒鳴って、小岩を睨みつけた。


その二日後、昼の休み時間のちょっとした間に勝之のザックがなくなった。

懸命に探し回る勝之を周りの者はにやにやしながら見ていた。

「何、探してんの？」と、初恵が声を掛けてくれた。

「僕のザックがなくなったんだ。教科書が入ってるんだ、困ったよ。机の横に掛けてたんだけど」

「また、あの連中の仕業だな」初恵は怒りをあらわにした。

「校庭のどこかに隠してあるかも」勝之が探しに行きかけた。

「じゃ、一緒に探してやろう」

二人で学校中のあちらこちらを探したが見つからない。

初恵が加藤のところに行って、

「勝之君のザックを隠したろ、卑怯なことはやめろ！　すぐに出せ！」

と強く言った。

「なんだってぇ！　おら知らねえよ。関係ねえだろう、誰だぁ、やったのは」

加藤は、にやにやしながら空惚けていた。

「先生に言うわよ」

「どうぞ、言ってくれ」

二人は、職員室に行って篠崎先生に告げた。

「そう、誰かいたずらしたのね。もう一度探してみなさい」

先生は、書類をめくりながら、気のない返事をした。

給食も食べずに探し回って、午後の授業がベルが鳴り終えたとき、ようやく、校庭の隅にある物置の後ろに隠したザックを見つけた。急いで戻ったが教室では数学の授業が始まっていた。

「遅れて来て、どうしたんだ！　授業の始まる前に教室に戻りなさい」

数学の教師が冷ややかに言った。

勝之はザックのことを言おうとしたが、生徒たちの目が向けられていたので、

「はい」とだけ答えて座った。

「いよー！　カップルでいい所に行ってたんだよなぁ」

後ろの席で連中の冷やかしと共に、ふざけた笑い声が上がった。


その翌日、体育の時間に脱いで教室に置いた上着に黄色のマジックで大きく、〈いくじなし、なんでも初恵に頼むのか〉と、いたずら書きされた。

勝之は家に帰って拭い取ろうとしたが、消せないので上着を切り刻んで袋に入れて通りにあるゴミ箱に捨てた。祖父には上着を置き忘れて、なくしてしまったと言った。

祖父が何も言わずに自転車で街まで行って、買ってきてくれた。

清蔵は、勝之へのいじめが益々酷くなっていると感じて、久夫から預かっている大事な孫を、このまま放置できないと、篠崎先生に情況を知らせ対策をた

てもらおうと思った。

　翌日清蔵は、勝之が帰宅してから、ちょっと町に行ってくると伝えて学校に行き、篠崎先生に会った。

「昨日、勝之が同級生のいじめに遭ってたようなので調べてほしいのです。お願いします」と、穏やかに訴えた。

「勝之君が暴力を振るわれたと言ってるんですか」

　篠崎先生は、けげんそうな顔で清蔵を見た。

「四日前、顔に傷を受けて服が泥まみれになって帰ってきたので、本人に問いただしたら、下校途中に転んだと言うのですが、どうもそう思われませんのです。それに最近、なんとなく憂鬱そうにして、私との会話も避けていますので、学校で何かあると思われるので、勝之の学内での行動など見守ってほしいのですが」

「子どもたちは、よくふざけあってプロレスのまねをしてますので、多分それだと思いますよ。勝之君は皆と仲良くやってますから、ご心配なく」

　篠崎先生は、取り合ってくれなかった。

「軽い気持ちで、からかったり、ふざけているのが、段々エスカレートして攻撃的になり特定の子を標的にして憂さ晴らしにするということもあり、次第にいじめに発展することがありますので」と、再度お願いした。

「子どもたちには、子どもの世界もありますから、私はあまり干渉しないで伸び伸びと学校生活を送らせる方針ですので」不機嫌な表情で言った。

「伸び伸びと正しい方向に育成することは私も賛成です。だが、小学高学年から中学生の思春期に入る年齢には、精神的に不安定で攻撃的になりやすく、特に、普通と違った子、何か変わった子、おとなしく気弱な子などは、からかわれやすく、いじめの標的になりやすいのです。勝之は障害を持ってますから学校での勝之の行動とクラスの生徒たちの行動に注意して見守って下さい」

清蔵は強くお願いした。

「以前、学校にお勤めだったようなので、お分かりでしょうが。四六時中、子どもたちを見張っていることなんか不可能ですよ」

「見張ってくれとは言っておりません。監視の眼で視るのでは子どもとの信頼を損ねますから。いじめが、からかいや悪ふざけの延長線上にある場合も考えられますので、見張るのではなく、この点に気をつけて見守ってほしいのです」

「私も、気を付けて指導しておりますので。それじゃ明日、当事者に聴いてみますから、どうぞ今日のところは……」

篠崎先生は、余計な口出しは困ると言いたそうな顔でぶっきらぼうに答えた。

清蔵は、どうも治まらないので、このまま帰る気になれず話を続けた。

「私の経験から話しますので、お気を悪くしないで聞いて下さい。教師として当然のことですが、私は、何時でも、どんなことでも気軽に相談できる師弟の関係をつくることが最も大切だと考えてました。それには、生徒と教師が信頼の絆で結ばれていることが前提になるので、絶対に生徒を裏切らない、そして、出来るだけ生徒の声を聴き、期待に応えるようにしてきました」

「そうですか、勝之君も直接、私に相談にきてほしいですわ」

ぶっきらぼうに言った。

清蔵は、この先生には生徒が心を開いて相談できないだろうと感じた。

「いじめられてる子は、自尊心から親にも先生にも言えず、自分だけで悩み、内に籠もってしまいがちなんです。私は現役の頃、日頃の個々の生徒の行動を見て察してやることが大切で、その生徒の性格をよくつかんで指導するようにと同僚にも言ってました。いじめる側の子にも、その兆しが出たらすぐにそれを諌め、矛先をクラブ活動など、何か目的を持たせて善い方に導いてやって、自信をもたせるように指導してきました。いじめは早期発見が大事ですから、見逃していると次第にエスカレートし急速にクラス内に蔓延しますからね」

「そうですね」

「からかい半分の言葉も、その子にとって強く傷つけることもあり、いじめの標的にされた子は、心の奥深くにダメージを受け、悩みぬいて恐怖感から逃れようと自殺を考えることもあるのです。私は、いじめられた子の痛みの分かる教師になろうと心がけてきました」

清蔵は、篠崎先生のプライドを傷つけまいと、自分の経験談として話した。

「ごもっともですわね。私もそう心掛けてますから……」

パソコンに目をやりながら、皮肉をこめた返事が返ってきた。

先生を納得させようと、清蔵は食い下がるよう話を続けた。

「それに、私はいじめはどこでも起こり得る問題だと捉えてました。先ほども申しましたように、中学生の年代は思春期に入っていて子どもから大人への移行期で、自己主張が強くなり、内的や外的な不満から抜け出して自己を優位に立てようとして他者をいじめるという攻撃的な行動をとることがあるのです。満たされないものをクラブ活動やスポーツに向けてその子なりの得意な面で満たすように導いてやることが大事だと思ってます」

「ごもっともですわね」同じ言葉を繰り返さないでほしいというように眉間に皺をよせた。

「私が教師になり立てのころ生物部をつくって、花壇づくりをさせましたが、花が開くと共に部員が増えて、学校中の空き地に花壇ができて学校の雰囲気が明るくなって、いつでも花のある学校と先生方や父兄から喜ばれました。目的をもって行動する生徒たちの間では、いじめの問題は起こりませんでした」

「そうですか」ぶっきらぼうに言った。

「湧き出るエネルギーを発散したいという願望があるので、この園芸部の活動を通して、目的をもたせ良い方向に導いてやり、その成果を認めて褒めてやることで不満を解消させられると実感しました。私は、彼らに自信をつけてやり

〈常にプライドをもてもて〉と教えてきました」

「勝之君は頭がいいので、その点は割り切って対応しているようですから心配ないですわ」

篠崎先生は、早く話を切り上げようと催促するように、手にしていた書類をしきりにいじり始めて、曖昧な言い方をした。

清蔵は、先生がいじめの問題と真剣に取り組もうという姿勢がみられないことに失望して辞した。


数日後、勝之は、下校途中で堤にたむろしている連中を見つけて、堤を下りて川沿いの小道を歩いていると、連中も堤を下りて追いかけてきた。

「おい、待て！　逃げるんじゃねえぞ！」

津田が、大きな声で怒鳴った。

「何ですか……」

「そういう言い方はねえだろう。もう上着を新調してもらったのか、かなり金持ちだな。少し汚して貫禄をつけてやるか」

西山がにやにやしながら近づいてきたので、勝之は、背を向けて帰ろうとした。

「おい、ピコタンちょっと待て、おめえに大事な話があるんだ」上田が言った。

「僕に！　なに？」

「ピコタンの机の横を通ったら、机の釘にズボンがひっかかって破れたんだ」

「えっ、机に釘なんか出てないよ」

「ほれ、ズボンがこんなに破れたんだぜ。釘は後で抜いておいたけどな」

上田は、ズボンの横の破れを見せて言った。

「知らなかった。ごめんなさい」

「知らねえでは済まねえぞ。これは七千円もしたんだ弁償してもらうぜ」

「おい、弁償しろよ」津田も口を出した。

「そうだ、そうだ。弁償しないとなんねえな」西山が同調して喚いた。

「そんなお金持ってないよ」

「家に行って、取ってこいよ。おらたちはここで待ってるから、急いで行ってこい、はやく！　はやく！」加藤が命令口調で言った。

「僕、家にもお金はないよ」

「じじいの財布から取ってくればいいじゃねえかよ」

「おじいちゃんに、そんなこと言えないよ」

「馬鹿だな、財布から黙って頂いてくるんだよ」加藤が凄みを利かせてきた。

「えっ……、じゃ、あした渡すよ」

「まったく手の焼けるボンボンだな。明日、必ず持ってくるんだぞ。このことをセンコウにチクったら、承知しねえぞ」

勝之は、恐ろしくなり胸が締め付けられた。〈僕の机の釘で……なんて嘘だ、金をゆすり取ろうとしてるんだ。どうしたらいいんだ〉悔しさで涙が出てきた。

家に帰っても何も手につかず、〈小遣いは二千円とちょっとだし、おじいちゃんの財布から取るなんて絶対に出来ない〉勝之は机にうつ伏せになって悩んでいた。

翌日、勝之は学校に行くのを躊躇っていた。

「どうしたんだ？　学校に行く時間だよ。体の具合が悪いのか」

清蔵は、いつもと違う勝之が気になった。

「ちょっと頭が痛いんで、今日はお休みしたいんだ」

「かぜを引いたかな、体温を測ってみなさい。じゃ、篠崎先生にかぜでお休みすると電話しておこうな」清蔵は戸棚の上から薬箱を持ってきて勝之に渡した。

勝之は、何も手につかなかった。連中に脅されていること祖父に話そうかと何度か思った。話せば祖父はすぐに篠崎先生に会って話すだろう。先生は連中を呼んで叱るだろうが、連中は仕返しにやって来るだろう。そんなのは怖くない、だが自分が惨めになるだけだと、思いとどまった。

加藤たちは、勝之が登校するのを待っていたが、時間になってもなかなか出てこないので、休んだと知って憤慨していた。

「野郎、約束を破りやがったぜ。許せねえな、ビビって休んだんだぜ」

津田が加藤に言った。

「おれ、今日中に金がいるんだ。帰りに奴の家に行ってみようぜ」

加藤が連中に、行動を促すように言った。

放課後、四人は徒党を組んで堤の道を勝之の家に向かった。

「おい西山！　家にじじいが居るかどうか探ってこい。じじいが居るとうるせえからな」

「よし俺も行って見てこよう」上田が西山について行った。

家の中は静かで、じじいの存在をなかなか確かめられない。家の周りを二人で手分けして、窓の隙間から覗いていた。

「ピコタンは居たが、話し声がしないから、多分じじいは居ねえな」

と戻って加藤に告げた。

「おい上田、お前一人で玄関から堂々と入って、ピコタンを呼び出せ。じじいが居たら遊びにきたって言えばいいからな」と加藤が言った。

上田が玄関の呼鈴を鳴らすと、「何か用ですか」と驚いて、勝之が玄関に出てきた。

「お前ぇ一人か」上田は、家の中を見回していた。

「うん」

「お前、今日、なんで休んだんだ」

「頭が痛かったんだよ」

「約束の金は用意したんだろうな」

「お金はないから払えないよ」

「俺のズボンの弁償するのは当然だぜ。法律で決まってるんだ」上田が声を荒げた。

「…………」

「金が出せねえんじゃ、ちょっと出てこい、外で話すべ、みんな待ってるからな」

「勘弁してくれ。お願いだ」

上田が勝之の腕を摑んで強引に連れ出した。

堤では連中が待ち構えていた。

勝之は、恐怖で足が震え、〈いくじなし、勇気をだせ〉と、わが身を叱咤していた。

「金は払えねえんだとよ」上田が加藤に告げた。

「弁償しねえって言うんだな。じゃ、仕方がねえな。約束破りは体罰だな」

「ご免なさい。そのうちお小遣いを貯めて払うよ」

「じじいの財布から、頂いてこいって言っただろう」

「僕、そんなことは、絶対にできない」

勝之は、段々肝がすわってきて、強い口調で拒絶した。

「ほう、ピコタンはいい子ちゃんだからな」

「僕の机の釘で破れたなんて嘘だよ。だから弁償なんかしなくていい。君たち何でそんなに金を欲しがるんだ」勝之は、覚悟を決め思い切って反論した。

「おおっ、珍しく強くでたな。俺たちを嘗めるんじゃねぞ！」上田が凄んで言った。

「生意気いうなー！　みんなで体罰をくわせようぜ」

津田が叫んで勝之に殴りかかってきた。

勝之がそれを振り払おうとしたら、勝之の手が津田の顔をかすった。

「おお、やるか！」と津田が叫んだ。

これがきっかけになって、他の連中も猛り狂ったように殴る蹴るの暴力を振るい、堤の斜面を転がされて無抵抗の勝之は連中の餌食にされた。

「川に突き落とそうぜ！」と西山が叫んだ。

「おお、それはやめろ！　もう、それくらいにしておけ！」

加藤は、大変な事態になりかねないと直感したのか、彼らを押し留めてから、「今日のことをチクったら承知しねえぞ。引き上げようぜ」と命じた。

勝之は連中が去った後、悔しさで涙がこぼれてきた。唇をかんで長い間川岸に座っていた。もう日が沈みかけてきていた。〈意気地なし！〉自分を叱咤して立ち上がって衣服の泥を拭いてから家に向かった。

清蔵が家に戻っていて、勝之の泥まみれで傷だらけの様子で帰ってきたのを見てすぐに、いじめに遭ったと判断して問いただした。

「どうしたんだ！　誰にやられたんだ。黙ってないで、隠さずに話しなさい」

「同じクラスの四人が堤にやって来て、転ばされて殴られたんだ」

「一人をよってたかってか、許せないな。なぜ殴られたんだ」

勝之は、しばらく考えていたが、ありのままを話した。

「言いがかりをつけて、中学生が金をゆすろうとは驚くべき行為だ。絶対に許せないし、彼らの将来のためにも、見逃すことができないな」

清蔵は、かつて子どもを指導していた立場からも、どんないじめでも絶対に見逃せなかった。だが、中学生が金をゆすり取ろうとする行為は初めてのことで大層驚いた。まして、脚の不自由な孫がいじめられたので、徹底的に究明して、いじめた者たちを反省させ、謝らせて、将来、連中が道を踏み外さないようにすることが大事だと考えた。まず、彼らの親に会ってことの顚末を話そうと思った。

「すぐに、その四人の家に行こう。まず、両親に会いたいからな」

「三人の家は知ってるけど、上田の家だけ知らない」

「よし、まず、その三人の家に行って子どもと親に会って話そう、勝之も泥まみれのままでいいから早く来なさい。ああ、まず傷の手当てをしてからだな」

「僕、行きたくない」

「だめだ、そんな弱虫じゃ！　すぐに自転車で行こう」

傷に薬を塗ってから、勝之の先導で二人は堤の道を自転車で走った。

津田の家は留守だったので、西山の家に行ったが母親だけであった。

西山の母親には、連中と一緒になって金を要求し、抵抗しない勝之に一方的に暴力を振るったことを述べた。

「なんてことを……、昭雄が、驚きました、金まで要求するなんて、四人で暴力を……。誠に申し訳ありませんで。子どもによく話してきかせますから……、堪忍してね」西山の母親は勝之と清蔵に謝罪した。

「中学の年齢は、少年から青年に移行する最も大切な時期ですからね、道を外さないように、家庭での教育をしっかりなさることが大事ですよ」と言ったが、この母親の言うことを聞く子ではないと思った。

次に、西山の近くの加藤の家に行ったが、八十近い老婆だけがいて、加藤は帰っていなかった。

「えっ孫がお金を要求！　それに乱暴して怪我まで負わせたんなんて……、どうも申し訳ねえですなぁ。ごめんなさいね。悪い仲間には絶対入らないように、友達とは仲良くするようにと言っとるんですが、わたしの言うことなど聞きませんでな。親の言うことも聞かんので困ってますんで。母親は勤めに出ているもんで、帰ってきたら母親に叱ってもらいますからね。許してくださいね」

祖母は恐縮して、勝之と清蔵に何度も頭を下げて謝った。

「お母さんは、帰宅が遅いんですか」

「はい、松崎の温泉旅館に住み込みで働いてますでな、週に一日だけしか帰ってきませんで。あの子は毎日、街に遊びに行って、いつも暗くなってから帰ってきますんで」

「あの年頃は、とっても大事な時期ですから、子どもの将来を考えて、ご家庭でもしっかり教育されないと、将来、親御さんが困ることになりますよ。街の遊び場には、悪い連中もいますからね」と清蔵は言ったが、このような家庭環境では家庭教育はできないなと考えさせられていた。

清蔵は、この足で一緒に学校に行って篠崎先生にも話してこようと言ったが、「先生に言っても、だめだよ」と勝之は強く拒んだ。仕返しを恐れているのだった。

しかし、清蔵の気性からこのいじめ問題をこのまま放置することはできなかった。いじめは生徒指導の根幹に係わることで他の生徒にも同様ないじめが行われていることも考えられるし、加藤たちが将来道を誤らないようにするためにも、日を改めて学校に知らせておこうと思った。

このての指導は早急にやる必要があると考え、翌日、勝之が帰るとすぐに篠崎先生を訪ねた。

「今日伺ったのは、暴力を振るわれたというだけではないのです。勝之の机の釘に引っかかってズボンが破れたから弁償しろと金を要求してるというので、放置できませんから、是非お調べ願いたいのです」

「えっ、お金を……、加藤たちを呼んで指導しますので、よそに口外しないでください」

篠崎先生も驚いて、これは大変なことだと暗い顔になった。

その翌日、勝之は、帰り道の堤で例の連中がたむろしているのが分かったので、急いで引き返そうとした。「あっ！　いたぞ！」連中の一人に見つかり、一斉に追いかけてきて捕まった。

「おい、何で逃げるんだ！」

「忘れ物をしたんだよ」

「てめえのくそじじいと、おれの家にねじこんで来やがったんだってな」

加藤が口火をきった。

「おいピコタン！　許せねえぞ。このやろっ！　おれの家にも来やがって」

西山が、勝之のザックを引きずり下ろそうとした。

勝之は必死に取られまいと頑張ったが、顔を殴られ三人がかりで振り回されてザックを奪われた。

「おい、土下座して謝れ！」

勝之は、この連中から早く解放されたかった。屈辱を堪えて地面に手をついて、「ザックを返してくれ」と頼んだ。

悔しさで涙があふれ出て、しばらく頭を上げられなかった。

「おおっ！　返してやるから受け取れ。そーれ！」

西山は加藤の方に投げ渡し、ザックは三人に次々に回し投げされ、最後に西山が川に向かって放り投げた。

勝之は、すぐに川に入って取ろうとしたが、ズボンが濡れては負け犬のような情けない格好になり、そんな姿を祖父に見られたくなかったので、ズボンを脱ぎ手に抱えて川に入った。ザックは、流されなかったが中に水が入っていた。

この姿を見ていた三人は、「わっはっ、はぁー　ざまあみろ！」という馬鹿笑いを浴びせて去って行った。

勝之は、パンツまで水につかってザックを拾った。三月の水は、心の芯まで凍えさせた。勝之は、濡れたザックを抱えて家に向かった。

裏木戸からそっと家に入って、ザックから濡れた教科書とノートを出しタオルで水気を取り、日の当たる庭に、むしろを敷いて並べながら涙を流していた。

「どうしたんだ」祖父が出てきて、不審そうに聞いた。

「川岸を歩いてたら、転んでザックを川に落としたんだ」

この不様な状況を祖父に話すことは、自尊心が許さなかった。

だが清蔵は、彼らの家に行って抗議したことの仕返しを受けたと直感し、このまま放置しておくことは出来なかった。すぐに、篠崎先生に電話して、会って話したいことがあると伝えて、学校に向かった。

先日の暴力事件を連中の家人に抗議したことの仕返しに、ザックを川に投げ込まれたと思われるので、双方に事実を聞いて指導してほしいと訴えた。

「勝之君は、なんて言ってるんですか」

「転んでザックを川に落としたと言うのですが。再度の仕返しを恐れて、本当のことを言えないのだと思うのです」

「さあ、どうでしょうね。明日、勝之君に尋ねてみますから」

清蔵には、篠崎先生にいじめの問題を解決しようとする意志がまったく感じられなかった。

だが、このまま手をこまねいていては、勝之の将来に係わる事態が起こりかねないと思った。

翌日、勝之は学校から帰宅するとすぐに祖父に、

「おじいちゃん、何で篠崎先生のところに話しに行ったの？　僕、困るんだ」

と、深刻な顔で言った。

「勝之が教科書を干している姿を見て、あの連中にザックを川に投げ込まれたと察したんだよ。転んで川に落としたなら、すぐに引き上げて中の教科書まで濡らすことはないはずだからな。いじめを受けているのを放ってはおけないんだよ」

「先生にザックのことを聞かれて、川に落としたと言ったんだ」

「勝之、一人で抱え込んで悩んでいては、いじめ問題は解決しないんだぞ。勝之の心に深い傷を残すことになるし、ここで彼らに善悪の判断を教え、ねじ曲がった性根を直してやらないと、彼らの将来に禍根を残す事態にもなりかねないからな。いまここで、いじめる連中を目覚めさせ正しい方向に導いてやることが教育なんだよ」

「分かった。仕返しを恐れて先生にも正直に話せなかった。僕はバカだ、ほんとにバカだ」

勝之は、唇を嚙み意気地なしとわが心を叱咤し、涙をぬぐって話し出した。

八、いじめの対策

清蔵は、篠崎先生には問題解決の意思も能力もないし、いじめの標的にされるのは勝之だけとは限らないので学校全体の問題だと考え、教頭の池田先生に会って相談しようと思って電話し、翌々日に会う約束をとった。

事の詳細を話すと、池田先生も同級生から金を脅し取ろうという行為に、大変驚いて早急に対策を講じないとならないと言った。

池田教頭は、清蔵といじめ問題について意見が一致した。丁度、文科省からの依頼で、いじめのアンケート調査がきているので、良い機会だから本校の実態を調べて、必ず指導を徹底すると約束してくれた。

数日後に行われた全校生徒を対象のアンケート調査では、多くの問題が上がってきた。特に、飯島初恵は記名して学級の実態を詳しく書いてくれて、教師の生徒指導のあり方まで批判してあった。

池田教頭はこの実態を憂慮し、厳しく受けとめて指導していくためにも、ありのままを教育委員会に報告すべきだと強く主張した。だが、校長は、職員会議で決める事案ではないが、一応、先生方の意見を聞きたいと言った。

職員会議では、いろいろな議論が出た。池田教頭の意見に賛同する教員四名と、町民の子弟のことなので、多少の脚色が必要との二つの意見に分かれた。

校長は、これは多数決で決める事案ではないのでと、前置きして、「本校のような地域の小さな学校では、学校評価を悪くすることは、地域社会からの批判を浴びやすいし、父母会の対応も難しくなるという多数の意見を尊重します。今回のことは学級内での一つのことなので、内々に処理して頂きたい」と、校長の裁断で、いじめはなかったと報告することに決まった。

池田先生は、報告書を提出しに町の教育委員会に行って、指導主事に覚悟を決めて実状を口頭で伝えたが、指導主事は校長が決着したことに教頭が異論を唱えることは、学校内での諍いのもとになるので謹んでほしいと諫められてしまった。

池田先生は、教育委員会も校長もことを荒立てたくないと、事なかれ主義に陥って隠蔽し、本来の教育、特に大事な生徒指導を忘れていると痛感した。だが、このまま引き下がっては、生徒指導上問題を解決せずに終わり、わが校の教育に汚点を残しかねないと、早速、行動に移った。

まず、やる気のある教員に動いてもらおうと意を決して、直ちに生徒指導主任の菅原先生にいじめ対策に本腰を入れてもらいたいとお願いし、教務主任と相談して、指導強化を主張した教員二名を三学期から生徒指導部に加わってもらった。さらに、職員室前と昇降口に生徒の直訴を受ける目安箱を設置することを職員会議に提案して賛同を得て、校長も了承して早速実施した。

三学期初めのホームルームで学級委員を選挙することになっていた。篠崎先生は、真面目な佐藤清次と飯島初恵が再選されることを期待していた。だが、面白半分に番長の加藤由夫に投票する生徒がいて、加藤と、お調子者の相沢和美が学級委員に選ばれた。

加藤は自己顕示欲が強く何事にも反抗的な態度をとり、担任の言う事など無視していた。

これまで初恵の働きで、何とかまとまっていたクラスは、たがのはずれた桶のように、ばらばらになり、授業時間もふざけあうグループがでてきた。

ホームルームの時間では、「みんなに連絡することがあるのだから……」と、篠崎先生が止めるのも聞かずに、学級委員になった加藤が、校庭に出てボール遊びの時間にしたり、勝手に自由行動の時間に決めたりして、担任の力では抑えが利かなくなってしまった。

飯島は、学級崩壊のような状態への対策をとるようにと、学級の現状を書いて目安箱に投函した。

飯島の訴えを読んだ池田先生は、すぐに、学級の現状を詳しく聞くために、篠崎先生を相談室に呼んで、クラスの現状を尋ねた。

「困っているのです」ぽつりと篠崎先生が言った。

「先生は、以前、自由にすることで生徒の個性を伸ばせると言ってましたね。その理念は間違いではないのですが、中学生の段階では、自由とは勝手気ままに振る舞うことだと思い違いする生徒がいるのです。自由には責任を伴うことを教えなければならないですね。学校は一つの小社会ですから、自分の利だけを求めて勝手に行動すると、必ず、人に迷惑をかけたり、相手の心を傷つけたりして軋轢が生じ、社会は混乱しますからね。集団教育の場で個人が守らねばならないモラルがあり、これを育成するのも教育の役目です。それには、まずルール、つまり校則を守らせることが大切です。これは、将来、社会人として社会のルールを守って生活するためのトレーニングでもあるのです。学校教育は、学業成績の向上だけでなく個人が社会の一員としての守らねばならないモラルを醸成する大事な役割を担っているのですからね」

池田教頭と生徒指導の先生たちで、これまでの校則を易しい文言にして、職員会議に提案して全員の賛同を得た。新たな校則を大きく墨書して、昇降口に掲げて生徒指導の先生が交代で、登校してくる生徒に「おはよう」と声を掛けることにした。さらに、この校則を教室の古びた校則と交換し、各学級担任が生徒に徹底させるようにした。

［校則を守りましょう］

1、授業は静かに聴き、活発に学習活動をする。

2、互いに元気よく挨拶を交わす。
3、人に迷惑をかけない。
4、人が嫌がることをしない。
5、学生らしい清潔な服装で登校する。

「加藤たちは、だらしない服装で登校してくるので、注意したのですが、彼らは校則を無視して行動するのです」篠崎先生は、自分の指導力のなさを嘆いて、菅原先生に言った。

「時には、教師として厳しい態度で臨むことも必要ですよ」

「私は、校則は、自主的に守らせるもので、強制的に生徒の行動や考え方を縛るようなことはしたくないのですが、ホームルームの時間に、教室に貼ってある校則を再確認させることですね」

側で話を聞いていた池田教頭が、

「菅原先生をはじめ生徒指導の先生方が、明るい学校にしようと懸命なのです。教員が一丸となって協力することで学校が変わりますよ。まず、挨拶を教員が率先して実行し、習慣化することで明るくなりますよ。私は授業に出ないので、登下校際に出会った生徒には、私の方から挨拶の声を掛けていますよ」

「校則は、学生らしい服装とか、人に迷惑を掛けないなど当然のことですが、彼らは自由だ自由だと言って、それさえ守れないのです」篠崎先生は教頭に答えるように言った。

「服装などに細かな制限を加える必要はありませんよ。古い服でもきちんと着ていれば好感がもてるものなのです。だらしなく乱れた服装で学生らしくないと感じたら、校則に従って注意する必要があると思いますね。服装の乱れは、心の乱れの表れですからね。あまり難しい校則をつくっても単なるお題目になりますから、今回の校則は、きわめて基本的なので、自分で判断して行動するように教育して下さい。それには、出来るだけ褒めて善導してやることが大事です。そして自ら善悪の判断が出来る人間に育てることが教育ですよ」

「私は、出来るだけ自由に伸び伸びと育てようと考えていたのですが、それが裏目に出て」

篠崎先生は、自信を失っていた。

「自由に伸び伸びと育てるとは、野放しにほったらかしにすることではありませんよ。人生を自由に謳歌するには、自律し自立する精神を養わせること、つまり、自らを律し、自ら立つことが必要なんです。自分の行動や考えに責任をもって自己をコントロールできてこそ、自分の足でしっかり立って自由に闊歩していけるのです。そこが自由と放任との大きな違いで、大人でも自由を履き違えて無責任な言動をする人がいるので、子どもに教えることは大変難しいですが、それを目標に教え育てていくのが私たち教育者の責務だと思うのです」

教頭の話に、側で菅原先生がしきりに頷いていた。

「おっしゃる通りですね」

「クラスの加藤たちのグループに問題があると聞いてますが、加藤が学級委員になったんですね」と菅原先生が尋ねた。

「選挙で選ばれたんです。私は、担任として加藤由夫たちのグループの指導が甘かったと反省しています。番長の加藤は一人っ子で両親は六年前に離婚し、幼児期に放任されて育ったためか自己中心的でひねくれたところがあります。現在、母親は温泉旅館に住み込みで働いており、祖母と暮らしているため寂しさもあるのか、学校では仲間の生徒たちを扇動してふざけまわり、私の手に負えない状態なので……」

「中学時代は、少年期から青年期へと脱皮し自己を築きあげる大事な時期なのです。この時期、学校教育と家庭教育の両輪がしっかりと機能して人間を育て上げることですよ。だが、家庭教育が充分できない家庭環境もあるし、中学生は身体的に大人の社会に片足を掛けた状態で、精神と身体の発達のアンバランスがあり、不安定でかなり難しい面がありますからね。それに、精神面の成長の段階にも個人差が大きいので、個々の生徒の考えや性格を把握して指導していかないとならないですからね、個性を無視して一律に指導しようとすると思わぬ壁にぶつかるのです。先生もそれがお悩みのことと思いますが、これは多くの教師が悩みながら教師として成長していくのですよ」池田教頭が篠崎先生に言った。

「経験の浅い私には、個々の生徒を把握することが大変な重荷なんです」

「先生方はどなたも、いろいろな経験を積んで会得してきているんですよ。ところで、伊東君のおじいさんにお会いして、いじめの問題を聞いてますね。勝之君の心の痛みを感じとってしっかり見守ってやって下さい。加藤たちのいじめ連中を人の痛みや苦しみ、そして悲しみの分かる人間に教え育ててほしいのです。私は、母から『わが身をつねって人の痛さを知れ』と教わりましたが、社会生活を円滑に送るためには、この思いやりの精神が最も大切ですね。一朝一夕にはできないことですが、加藤たちにも人の痛みが分かり思いやりの心を目覚めさせるような指導を心掛けて下さい。加藤たちが将来の道を誤らせないためにも、この若い年齢の内に、しっかり教育することが大切ですからね」

「そうですね。私の指導が至らなかったと反省してます」

「家庭教育と学校教育は車の両輪ですが、加藤の家のように、何らかの事情で家庭教育が充分に行えない場合がありますから、担任がこの分をカバーしてやらないといけなくなりますね。だが、他の生徒の指導もあるので相当な負担になるので副担任制をとれるといいのですが、この小さな町では今のところ、まだそこまでいってないのです。今学期は残りを生徒指導主任の菅原先生に補佐のかたちでお願いしましょうか。菅原先生、どうでしょうね」隣にいる菅原先生に賛同を求めた。

「喜んで、お受けしましょう」

「有り難い、是非お願いします。菅原先生は、新年度の準備で大変な時期なのに申し訳ありません」

「それじゃあ、菅原先生に篠崎組のサポートをお願いします」教頭は軽く頭を下げた。

「それと、私の来年度のことなのですが、本校では学級担任が持ち上がりになってますが、このクラスは、とっても私の手に負えないので、新年度から学級担任を変えてほしいのです、私の力不足で申し訳ありません。このままでは精神的に参ってしまいそうなのです」

「そうですか。年度の途中では変えられまんが、来年度のことは校長とも相談してみます。今学期は頑張ってやって下さい。教師になって初めは、誰でもいろいろな問題にぶつかって悩むものなんです。その経験を積んで、先生自身のしっかりした教育信条が築かれていくものと思います」

「よく分かりました。特に、問題児の指導など経験の豊富な先生方のお話を聞き、参考にしていきたいと思ってます。勝之君のおじいさんに伺った話も、後で考えて、なるほどと思えました。素直な気持ちで聞くことができなかったことを反省しています」

「問題児とレッテルを貼ってしまうのはよくないですよ。いつも、その固定観念でみるようになりますからね。問題行動を起こすのは、その子の性格や生活環境もありますが、内面に問題を抱えてその不満を他者にぶつけたり、憂さ晴らしに非行に走ったりすることが多いのです。その子なりに良いものを必ずもってますから、それを引き出してやることですね。彼等は、自分を見失っている場合が多く、自信喪失に陥ってますから、小さなことでも褒めてやると、自ら気づいて立ち直っていくことがあります。問題を起こす生徒の多くは、あまり褒められた経験がないのです。先生も褒め上手になって下さい。叱るより褒める方が教育効果が上がりますからね」

「加藤も良い面があるのですが、根性が曲がっていて反抗ばかりするので……」

「ご存じと思いますが、中学生は欲求不満や社会の矛盾などで精神的に動揺する年齢で、加藤は母親と語り合う機会も少なく、愛情不足で自分を見失い自暴自棄になっていると思われます。そのうえ、この年齢は第二反抗期に入って自意識が強くなり周りからの精神的な圧迫や押しつけに反発し、抵抗して自己主張しますからね、加藤はかなり自己主張が強いのではなかろうかと思われます。しかし、この年齢は、少年期から青年期への精神的な脱皮で自我を確立する大事な成長過程なんです。だが、一律と考えてはいけませんよ。個々に心身の成長の度合いが異なり、それに強弱があるので、生徒の個性に応じて指導していくことが大切です。個性を無視して、一律に強制的に押しつけたり、理由なしにこれはダメ、あれもダメと行動を禁止すると、自信を失い、やる気をなくして欲求不満が高じて変にねじ曲がった性格になってしまいますからね。若木を育てるのと同じで、自ら正しく成長していく力を内在しているのですから、良い方向に導いてやることで、適切なアドバイスをしながら時間を掛けてじっくり指導しないとならないですね。

変にねじ曲がった木でも柔らかい若木のうちなら時間を掛けて直せますが、年を経て硬くなってからでは直すのが大変で、強い力で直そうとすると折れてしまいますからね。若い柔軟な時期を逸しないで、優しくゆっくりと直してやることが大事ですよ。少年期に適切な指導をしないと、将来、親や学校に恨みを抱くようになる場合もあります。生徒指導も徐々にゆっくり愛情をもって良い方向に優しく導いてやることが肝要なんです。先ほども言ったように、小さなことでも、良い点を見つけて褒めてやりながら自ら持っている内なる力を引き出して善導し自信をつけてやることです。自信は大きな力になりますからね。これが本当の見守りであり指導だと思います。菅原先生は生徒指導のベテランなので必ずやってくれますよ」教頭は、菅原先生にも心得てほしいと思って話していた。

「教育現場での体験に基づいたお話を伺いまして、とても良い勉強になりました。加藤たちの性格や家庭環境を考えて善導してやりたいと思います。有り難うございました」

九、担任の交代

菅原先生は、篠原先生をサポートするように池田先生から言われて、まず、クラスの問題点や雰囲気、生徒たちの性格などを篠原先生から詳しく聞いた。三学期からホームルームの時間は、篠原先生と一緒に生徒たちの言動を見守っていた。菅原先生がいるだけで、不思議に静かになった。

「ホームルームのとき、なんで菅原先生が教室の後ろで見てるんだ」

西山が不満そうに、加藤に言った。

「お前らが、うるさくするからだ」加藤は自分のことを棚にあげて言った。

菅原先生は加藤と相沢には学級委員としての自覚と責任をもつように導こうと思って、二人を呼んで、改めて学級委員の役割を話した。

校長、教頭と主任で構成された各学年の担任を決める運営委員会で、

「新年度は、生徒指導主任を辞退して、二年の担任を引き受けようと思うのです。あのクラスは、ここで手を打たないと、ばらばらの状態のままになりますから」

と、菅原先生は主任から学級担任に戻りたいと申し出た。

「先生のような有能な人に生徒指導主任を続けてもらいたいのですが、クラスの生徒の方が大事ですからね。先生方はどう考えますか」

校長は、運営委員の先生方を見回して意見を求めた。

「そうですね。篠崎先生も学級担任を変えてほしいと望んでおり、精神的に参ってしまうと言ってますので、菅原先生にお願いするしかないと思います」

池田先生は、篠崎先生から相談を受けていたし、中核になる学年になるので立て直してもらうために、また、生徒たちに中学時代の良き思い出となるクラスにしてやるためにも、是非そうしてもらいたいと積極的に賛成して、先生方に同意を求めた。先生方もこの学級の状態を何とかしないと、と思っていたので全員賛成した。

「では、そうさせて下さい。生徒指導主任は、卒業させて担任を終える石川先生にお願いしましょう。皆さんよろしいですね」と、校長は決裁した。

四月の新学期を迎えていた。堤の一本桜は満開の時期を過ぎ、新緑の若葉をつけた枝を大きく天に向かって広げていた。

始業式で新しい学級担任が発表され、壇上に並んだ三人の学級担任が紹介された。

二年の学級担任に菅原先生が呼ばれて軽く頭を下げたのを見て、勝之は、「菅原先生になってよかったぁ」と心で叫んでいた。

理科を担当し、背が高く凛々しい顔立ちの菅原先生に、勝之は前から好感をもっていた。

飯島初恵も担任が変わったので、クラスを改革しようと思っていた。放課後、飯島は新学期に向けて考えていたことを菅原先生に話そうと思って、職員室に行った。

「先生、私たちの担任になってくれて、有り難うございました。おかげでこのクラスもよくなると思います。私、先生と一緒にクラスを立て直しをしようと決意しました。それで、新年度の学級委員選挙に出ようと思うのです」

「おお、それは有り難い。飯島がなってくれるとは、力強いな」

「まず、これまでの座席のように、好きなところに座るのではクラスが良くならないから、座席を札で決めることを提案したいんです」

「そうだな、私もそう考えてたよ。だが反対されるぞ、これまでの方法に慣れてるからな」

「みんなを説得します。好きな所に座るのでは、例の連中が固まって陣取るし、男子と女子が二つに分かれて座るので、たった二十五名だけなのに、てんでんばらばらで融和の妨げになっていたでしょ」

「もっともだ。私は大賛成だよ」

　菅原先生の賛同を得ていたので、意を強くして、佐藤君に座席のことを話して学級改革を一緒にやろうと、学級委員の選挙に出ることを勧めた。

　新学期最初のホームルームで、相沢が議長になって学級委員の選出をすることになり、飯島と佐藤が学級委員の選挙に名乗り出て、加藤一派を破って選出された。

飯島はすっくと立ち上がって、

「中学時代はとても大事な時期なのです。この中学時代に、良き思い出を沢山つくり、卒業後も中学時代の交友を懐かしく感じる良き関係を築き、この母校を誇れる学校にしようではありませんか。そのためにはクラスメイトとしての融和が必要です。いがみ合い、中傷し合っていては何も得るところなく、空しい中学時代を送ることになります。そこで、毎日顔を合わせる皆が打ち解けあっていくためには、しこりや変なこだわりをなくすことです。教室の座席が自由席では好きな人同士がかたまってなかなか溶け合えないので、学期ごとに座席を札で決めることを提案します」

学級委員として学級改革の抱負を力強く述べた。

菅原先生は、この演説を聴いて、飯島の才能に感心して将来は大物になるぞと、拍手を送っていた。

「何だ、偉ぶって」と津田の声がした。

「これまで通り好きな所に座る方がいいぜ」と、津田の声に誘われるように西山が叫んだ。

「今は何でも自由な時代なんだぜ、おれは反対だな」上田も声を上げた。

するとと加藤が立ち上がって、

「これまで通りに、好きなところに座ることで友情が深まるので、座席を札で決めるなんて反対です。これまでと同じ自由席を提案します」と反対意見を述べた。

勝之が勇気を出し手を挙げて指名を求めた。

「たった二十五名だけのクラスなので、みんなが友達になれて楽しく温かなクラスにするために、学期ごとに札で決める飯島さんの案に賛成します」

と立ち上がって言った。

二案が出たので、挙手で決めることになり、飯島案が多数で決まった。

かねて話し合っていたように佐藤が縦の列をA～Eとし、各列に1～5の番号をふった25の座席表を大きく書いた紙を黒板にマグネットで止めて貼った。

「では、この紙に書かれたように座席を決めたいと思います。座席をこのようにして各座席の番号をB－3とかD－2のように書いて二つ折りにした札をつくってきましたので、この箱の中の札をとって札の番号を、紙の番号の所に自分の名前を書き入れてださい」

佐藤が箱をもって回り、全員が札を開いて、紙に各自が名前を書き入れていった。

わぁわぁと歓喜や落胆の声が上がった。男女がバランスよく配分されており、例のグループの席は、ばらばらになった。

菅原先生は、黒板に貼った座席表をじっと見て、「ああ、なかなかよく出来ている。これで授業中の私語もなくなるな」と独り言をもらした。

「おれ、教卓の前だや、これじゃ教師とにらめっこだよ。いつも当てられるようで困るな」

後ろの席で、いつもふざけていたお調子者の西山がしょげていた。

「では、今学期の座席はこのように決まりましたので、早速、決まった席に移動してください」と、飯島が議長に代わって宣言した。

荷物をもって移動し、例の連中は浮かぬ顔でぶつぶつ言っていた。

「やぁ、ご苦労さん。皆で決めたんだから、この座席を守って、仲良く楽しいクラスにしていこうな」と菅原先生が締めくくった。

授業が始まって、菅原先生が担任になってから、クラスの雰囲気が変わってきた。教科の先生たちからも授業中静かになったとお褒めの言葉が聞かれるようになった。照れ屋の勝之の周りには、女子たちが数学の問題の解き方などを教えてもらっていた。

菅原先生は、理科を担当しホームルームの時間では、自分の少年時代の話や経験談などを話して笑わせたり、前向きの良い意見や提案が出されたときにはとても褒めるのだが、授業中の私語や掃除当番をサボったりすると大声で叱り、いつも毅然とした態度でメリハリのある指導にあたっていた。

新学期が始まって間もないホームルームの時間に、誰かが「おい、ピコタン」と勝之をあだ名で呼んだ。

その声が先生の耳に入った途端に、

「誰だぁー！　いま、ピコタンと伊東を呼んだのは！」と大声で怒鳴った。

「私は、障害のある者や弱い者をからかったり、いじめるような人間は大嫌いだ、絶対に許さんぞ」クラス全体を見渡しながら烈火のごとく叱った。

その剣幕に、クラスはシーンとなった。加藤が黙って下を向いていた。

それ以来、初恵も大いに力を得て指導に協力したので、学校内で勝之をからかう者がいなくなった。


勝之は、祖父にクラスの雰囲気がすっかり変わって明るくなったことを話した。

「クラスを変えたのは、菅原先生と初恵ちゃんのおかげだな。初恵ちゃんって頑張り屋で実行力があって、親切で本当に頼もしい女性なんだよ」

「そうか。いつも勝之の味方になってくれているようで、すばらしい女の子なんだね」

清蔵は、勝之の目を輝かして話す様子から、勝之も青春の扉を開ける年齢になったかと、心温まる思いで聞いていた。

夕食後、テレビがパラリンピックの選手たちの練習ぶりを報道していた。勝之は義足で走ったり、ハイジャンプをして誇らしげに手をかざしている雄姿を、食い入るように見ながら「ああ、凄い、凄い。ほんとに凄いなぁ！」としきりに感動し、今の画面を目に焼き付けようとしていた。

「あの選手たちは、大変な努力をしたんだろうなぁ。僕の脚なんか問題じゃないな。片足がないのに、義足でジャンプするんだからなぁ」と明るい顔で言った。

「全く偉いもんだ。あの歓びは、精神力と努力の賜物だろうな、障害に勝って摑んだ感激はひとしおだろう。〈艱難《かんなん》、汝を玉にす〉という言葉があるが、人は苦境や困難を乗り越えることで磨かれて立派な人間になるんだよ。彼らは、まさにそのお手本だな、勝之も彼らのように障害を乗り越えて強く生きてほしいな」

「僕、大きな夢をもってるんだ。僕の脚なんか……問題じゃない。障害なんかじゃないよ」

勝之は彼らから気力と勇気をもらって、晴ればれと言い放っていた。

来年、開催されるパラリンピックに期待がもたれ、〈ようし僕も二年後は、希望の高校に見事ジャンプしてみせるぞ、そして夢を実現するんだ〉と心に誓った。

教科担当の先生方から「クラスの雰囲気が良くなって、とても授業をしやすくなった」との声が聞かれた。

放課後、篠崎先生が菅原先生の隣の空いている席に腰をかけて、

「ちょっと宜しいですか。私、自信をなくしてしまいました。手こずっていた学級の担任が、先生に変わったらすっかり良くなって、短期間にこんなに変わるものかと驚いてます。先生の指導のコツを教えて下さい」

真剣な眼差しで、菅原先生を見た。

「相談室でゆっくりお話ししましょう」と職員室の隣の相談室に移った。

「お忙しいときに、申し訳ありません」

「篠崎先生は、また、新入生の担任ですね。私は、特別のことはしてませんよ。ただ、やって良いことと、いけないことをはっきり言って、やってはいけないことは絶対にやらせない。良い点を褒め、悪い点は改めさせる、このメリハリをきちんとして、いい加減な妥協はしないことです。生徒は、教師の指導

の甘さをすぐに見抜きますよ。これくらいならいいだろうと思って、見逃したり、見て見ない振りをするのが一番よくない。いけないことをしたら、なぜいけないかを教えて徹底的に叱る。だが、その叱り方も、『お前はダメな人間だ』とか『バカじゃないのか』『根性曲がり』などの人格を否定するような言葉や、嫌味は絶対に言わない、人格を傷つける言葉は、逆効果になりますからね。それと、体罰を加えることは絶対にしない、体罰は本人のプライドを傷つけ、教師への信頼を失わせるだけですから、これは、親子の間でも同じですよ」

「分かりました、私の指導が甘かったのです。いじめ対策でも……。加藤たちには、人の痛みや苦しみを我が身と受け止められる指導と、自分がやっている行為の善悪の判断が出来る指導をすべきだったのですね」

「いじめっ子の多くは、何らかのうっ積したものを持っていて、そのストレス解消の鉾先が身近な弱い人間に向かうときがあるのです。このひずみのエネルギーをクラブ活動などに向けさせることも大事です。また、お調子者でいじめグループに入っている者は、いじめを行っているという自覚がなく、ふざけ合ってると思っている場合もあり、ずるずると悪事に引き込まれていく場合があるので注意が必要です。一年生は新たな気分で入学してきますから、最初がとっても大事ですよ。性格は十人十色ですから、指導するには、まず子どもの個々の性格を知ることも大切ですね。デリケートな生徒は、ちょっと叱っただけで傷つき、学校嫌いになる場合もありますから」

「そうですね」

「いじめは、教師の指導だけでなく生徒自身の生活や家庭環境に問題がある場合があり、そのケースによって適切な指導が求められます。早期発見早期対策が必要ですから、相談し合える教師のチーム指導が必要ですね。指導上のことなら何でも気軽に、私に相談して下さい。実は、私も小学五年のとき、いじめに遭いました。父が教師だったので早いうちに気づき、心身の鍛錬が必要と少林寺拳法の道場に通わせてくれました。稽古は厳しかったですが、おかげで心と体が鍛えられ、体力と精神力がつきました。いじめっ子たちは、私が拳法を習っていることを知ってから、離れていきました」

菅原先生は、父の姿を思い浮かべながら言った。

「なるほど、いじめられる子に柔道や空手などを習わせて心身を鍛えさせるのもいいですわね。飯島には、加藤たちも逃げていましたからね」

「ああ、それから、人には何かしら優れた面をもっているものです。それを見つけて〈君は素質があるよ、これを伸ばすことだ〉と自信をつけてやることです。教師に認めてもらい褒められたことで、将来大きく伸びて功を奏する場合が多々あるのです。一年生は期待を膨らませて入学してきますから、その期待に応えてやることですね」

「そうですね。新学期の今が大事ですわね。［初めの一歩！］ですからね」

篠原先生に笑顔が戻ってきた。

「先ほども言いましたが、生徒たちは、先生の甘いところをちゃんと見抜きますよ。優しいのと甘いのとでは大違いですし、甘い教師の言うことは聞きませんし尊敬もされません。当たり前のことですが、教育とは教え育てることですから、事の善し悪しも教えずに、生徒にへつらったり、悪のりして生徒に調子を合わせたりするのが最もよくない、教師は生徒の友達ではないのです。教え導く立場にあることを忘れてはならないのですよ。威張っていて、高飛車で寄りつきにくいのもよくない、私は、親しみやすく、なんでも相談できる教師になりたいと心掛けています。時には優しく、時には毅然としてメリハリのある指導をすることです」

菅原先生は、大事なことを繰り返し、嚙みしめるように言った。

「自分自身がしっかりしてないといけないですね」

篠崎先生は、改めて教え導く立場にあることを身にしみて感じ、四歳の男子の親でもある篠崎先生は、わが子を育てるのも同じだと頷いていた。

「当然ですよ、教師なんですから。己にも厳しく、教師という自覚と自信をもって指導にあたることですね」

「私は教師という自覚が足りなかったのです」

自信を失いかけていたので素直に聴き反省していた。

「私が教師になったとき、父から『優しさの中にも厳しさのある、尊敬される教師になれ』と言われました。私は、その言葉を亡き父が私に与えてくれた教えとして、生徒指導で何かが起こったときには、いつもこの言葉を思い出して、姿勢を正しています」

「〈優しさの中の厳しさ〉ですか、とってもいい言葉ですね。叱ると褒めるを適切に遣うことと、ダメダメを連発して厳しく怒るだけでは自信を失わせますよね。とってもいいお話を聞かせていただき、大変勉強になりました」

篠崎先生は、明るく微笑みを浮かべて礼を述べ、わが子の教育も同じだと菅原先生の言葉を反復して、池田先生からも同じようなことを聞かされたと感じていた。

十、さくらの植樹

　清蔵は、勝之の希望に応えようと、何度も町役場に足を運び、地元出身の町会議員の口添えもあって、ようやく堤に桜を植える許可を得て、町役場にも自費で三本の河津桜を植えることで了承をとってきた。

「勝之が堤に桜を植えたいと言ってたが、あの堤を管理する役所から、差し当たって三本植えることで許可がおりたよ。あの一本の桜に並べて植えような」

「あぁ！　よかったなぁ！　僕、苗木を買うのに貯めていたお小遣いを全部出すよ」

「資金を提供するか、勝之の提案で植えるんだからな。桜の世話をするんだよ」

　清蔵は、勝之の主体性と責任感を培うために、自分が育てているという自覚を持たせたかった。

「いいよ、僕、しっかり世話するよ。ひとりぼっちの一本桜に三人の友達ができるんだね」

「桜の友だち、そうか、そうか。では、わしも桜の育て方を研究しよう」

「僕、日記をつけるよ。桜日記をね」

「それはいいな、立派な記録になるぞ」


知人から苗木を販売している大仁町の伊豆造園を紹介されたので、早速、清蔵は河津桜の苗木を見て具体的な相談をしようと伊豆造園を訪ねた。

ちょっと裏手を覗くと、もえぎ色の作業服の男たちが苗木を運んでいて、清蔵を見て軽く頭を下げ「今日は」と元気に挨拶をした。造園らしい雰囲気が清蔵の心を和ませてくれた。事務所に入るとすぐに、「いらっしゃいませ」と作業着姿の女子事務員が明るい笑顔で迎えてくれた。

「社長さんは、いらっしゃいますか」

社長に直接相談した方が話が早いと思った。

事務員が社長に取り次いでくれて、清蔵を応接室に通した。

しばらくして、奥の部屋から作業服を着たがっちりした男が出てきた。

「今日は。社長の笹森です。どうぞお掛け下さい」と言って、客の顔をじっと見つめて、

「あれ！　伊東先生じゃないですか」懐かしそうに、にこやかな顔になった。

「ええ、伊東ですが」

「お忘れですか。中二のとき、先生のクラスだった笹森です、笹森由夫ですよ、あの韮山中学校で……。クラブ活動でも大変お世話になりました」

「ああ、思い出しました。笹森由夫君か、見違えるほどすっかり立派になって。私が園芸部をつくるときの設立委員をかって出て、その後、部長になって部を盛り上げてくれたね。ここで会うとは、まったくの奇遇ですね」

「いやー、先生！　憶えていてくれて有り難いですね。本当にお久しぶりです」

と、笹森は満面に笑みをたたえて両手で清蔵の手を握りしめた。

「懐かしいなぁ。とっても嬉しいです。わが社を何処でお聞きになったんで」

「知人からの紹介で来ましたが。笹森君がこの伊豆造園の社長とは知らなかったよ。全くの偶然だね。これからも協力してもらえるから大変助かります」

この計画もさい先がいいと、顔がほころんだ。

「先生のことを、ときどき思い出すんですよ。お元気で何よりですね」

「おかげさまで。いやあ、あの時の笹森君がこの会社を取り仕切っているのか。中学を卒業して何年になる？」

清蔵は、昔のことを思い出すように、改めて社長の顔をじっと見て尋ねた。

「もう五十五歳になりましたから、えーと、もう四十年ほどになりますよ。あの部活動で園芸に興味をもって、ずっとこの道一筋でやってきました」

懐かしむように笑顔で言った。

「笹森君がいた頃は、駆け出しの教師でね。あの中学校に七年間も勤めて、園芸部の顧問を続けてましたよ。こうして話をしていると、君の笑顔の中に、中学の頃の笹森君が次第に浮かび上がってきますよ、不思議ですね」

「園芸部は、楽しかったなあ。この会社に勤めてから、学校に依頼されて、母校の東側に河津桜を植えたので、年に二回にアフターケアに行くんですよ。その桜は立派になりました。園芸部は今でも続いていて、花壇には季節の花が咲いてますよ」

「笹森君が園芸部長で活躍してくれたので、部員がどんどん増えてね。学校のあちこちに花壇が出来たので学校全体が明るく綺麗になって、生徒たちの品行も良くなったと、保護者や校長からも褒められましてね、私も誇らしくて、鼻高々でしたよ」

「私は、先生を一番尊敬してました。大学の園芸科へ進み造園業の道に入ったのも、先生に教わった自然の大切さと草や木の役割を知ったからです。部活動で先生から教えを受け、励まして頂いたおかげで将来への方向が決まって、今があるのです」

「初志貫徹だね、立派ですねぇ」

「先生が、『草木の緑や花は、人の心に潤いを与えてくれる。草木が無くなれば砂漠になるように、緑を失ったら人の心も砂漠のように荒廃していく』と、卒業アルバムに書いてくれた言葉を今でも心の支えにして、緑を造る仕事をしています」

「あの頃は、血気盛んな青年教師でしたからね。今でも、前向きに生きようと心掛けています。それが、若さを保つと信じてね」

「先生は、人間は自然と共に生きること、自然とどう調和していくかが大事なんだと、口癖のように言われてましたね。この仕事をやっていて、その言葉の意味を実感しました。先生の教えを会社の若い者にも伝えているんですよ」

「この伊豆造園に来て感じたことは、社員の方々が礼儀正しく明るいことと、社長さんも社員と同じ作業着姿で親しみやすいことですね」

「有り難うございます。緑の園を造り育てる仕事は、現場が一番大切ですから、安全・確実をモットーに社長も率先して現場に立っているのです」

「園芸部の部長の頃から人を活かして使うことに長けていたからね。樹木と同じで、人も生き生きとしている姿が一番美しい」

「若い社員がよく樹木の勉強をして、意欲的に働いてくれるので助かってます」

「社長さんのお人柄ですよ。ところで、今日は苗木の相談に来たんですが」

「いやー、ご用件を伺わずに、どうも済みませんでした。どのような苗木をお探しで」

　社長は、懐かしさのあまり、用件を聞かずに話し込んだことを詫びた。

「家の近くの堤に河津桜が一本だけありまして、孫が一本だけじゃ淋しいというので河川事務所と町役場に掛け合って三本だけ植える許可を得ましたので、一本の桜と同じ河津桜を植えようと思いまして、河津桜の苗木を育てている所を探していたら知人が、河津桜ならこちらの造園だと教えてくれたのです」

「そうですか。最近、早咲きの河津桜が伊豆の気候に合っていると人気があるんです。首都圏でも新たに造園するときに、河津桜を所望されることが多くなりまして、私どもは誇りに思ってます」

「私も河津桜を伊豆の名花にしたいですね。孫は、堤を河津桜並木の名所にしたいという夢を抱いてるのです」

「同感ですね。私も河津桜を伊豆を代表する桜にしようと思って苗木を沢山育てているんです。裏に樹園がありますから、ご覧になりますか」

「是非、見せて下さい」

社長は、清蔵を樹園に案内した。

「おやー、広いんだねぇ、林のようだ。さすがに、いろんな木が植えてある。これらが河津桜ですか、かなり大きいですね」

「小さいのもありますが、ひ弱ですし、いたずらして引き抜かれる危険がありますから。堤に植えるのでしたら、二メートルほどの大きいのがいいですよ。花も早めに期待できますし、ちょっとした台風なら持ちこたえますから」

「でも、大きいのは植えるのが大変ですね」

「私どもが植えますから、心配いりませんよ。それが私どもの仕事ですから」

「植えるのは、孫と一緒にやりたいのですが」

「お孫さんは、おいくつですか？」

「中学二年です」

「それは無理ですよ。二メートルものでも、根にかなりの土を抱えさせて菰で巻き固めて運びますから相当な重さですし、移植に大きな穴を掘らないとなりませんから大変ですよ。移植場所を指定してもらえれば、うちの若い者に植えさせますよ」

「でも、孫に自分で植えたんだという意識をもたせ、自分で育てて花を咲かせようという意欲と責任感を持たせてやりたいのです」

「さすが先生だ！　お孫さんの教育に役立てようというお考えなんですね。分かりました。では、お孫さんが主になって、うちの若い者が手伝うということにさせましょう。そのとき、私も参りますから」

「じゃ、二メートルほどの苗木三本をお願いします」

「河川事務所の許可は得ているのでしたね」

「それは大丈夫です。あの川は町の管理になっていて、担当者には話をつけて許可を得ましたから」

「そうしますと、植えるのは、台風シーズンが終わって萌芽前の十月中旬ごろがいいと思います」

「半年ほど先ですね」

「それまでに丈夫な苗木を選んで、根まわしをしておきますから、先生も植える予定地を選定しておいて下さい。十月に入ってお電話頂ければお届けします」

「そうさせてもらいましょう。代金はそのときでいいですか」

「代金はよろしいですよ。今回は私からお孫さんへのプレゼントにさせて下さい」

「いやー、それは困ります。孫が自分の小遣いを貯めてますから、僅かでも自分で出資したという気持ちを持たせたいんですから」

「分かりました。それでは、会社の経理もありますから、定価でいただきます。搬送したとき、請求書をお持ちします」

清蔵は、話がまとまって計画が動き出したので胸をなで下ろした。

十月の初めに清蔵は伊豆造園に電話をして、勝之にも仕事に参加させようと思っていたので、十月十二日の日曜に植樹することにした。場所は勝之の希望通り、十五年ものの桜と並べて堤の沿道を四本が家に向かうように植えることに決めて、苗木を堤まで運んでくれるように頼んだ。

苗木が配送される日、勝之は天気が気になって朝から落ち着かなかった。まだ薄暗いうちから起きて、移植の予定地を見に行った。朝霧のかかった堤に上がって、ここに桜並木ができ、天城連山をバックに清流に沿って満開の花をつけている景観を想像して微笑んでいた。

「この構想は素晴らしいぞ、しっかり世話をして花を咲かせるんだ。そして、将来、この堤を河津桜の並木にして伊豆の名所にしよう」

自分に言い聞かせるように言った。

約束の時間に、社長の車に先導されて苗木を積んだ軽トラックがやって来た。車の短い合図音で、待ち構えていた勝之が「おじいちゃん！　車が来たよ」と叫んで清蔵の手を引いて飛び出していった。

「おはようございます。お待ちどおさま」

社長は駆け寄ってきた勝之と清蔵に笑顔で挨拶した。

「勝之です。今日はよろしくお願いします」真っ先に大人びた挨拶をした。

「どうも朝早く、ご苦労さまです。こちらの都合で、休日にお仕事をお願いして申し訳ありませんね」清蔵は、社長と二人の社員に頭を下げた。

「先生、そんなお気遣いはいりませんよ。私どもの仕事は大雨のときはできませんので、今日のような晴天の日には休日でも仕事をしますので、社員には必ず代休をとらせてますからご心配なく」

「まず、勝之君は堤に上がって植える場所を定めて下さい。苗木をその近くに運び上げますから」

「分かりました」

勝之は、脚をかばう様子もなく張り切って堤に上がり、場所を確認してからトラックから苗木を下ろす作業を見ていた。運ばれてきた苗木は、二メートルほどの若木だが、根が大きく相当な重さのようだった。

「思ったより大きな苗木だな。これでは勝之と、わしではとても無理だね」

清蔵は、作業を手伝いながら言った。

想定していた所に苗木を横たえてもらったが、大木になることを考えると、果たしてこの場所でいいのかなと、清蔵は思った。

「植えるのは、ここでいいですか」勝之も少し不安になって尋ねた。

「桜は、根が比較的浅く張るので、人や車に踏み固められると根の張りが悪くなり樹は育たないんですよ。堤の道から少し離れた堤の端に植えましょう。この辺りはどうですか」

社長は、勝之と清蔵に植える場所を手で指し示した。

「勝之、どうだい、ここらでいいかね。ここなら川の方に向かって枝を伸ばすだろうからね。大きくなったら見事だぞ」

清蔵は、出来るだけ勝之の意見を聞いて、勝之が立案して植えるのだという意識をもたせるようにした。

「あの一本桜と並べて植えたいんだけど」

勝之には、桜に友達をつくってやりたいという思いがあり、社長に言った。

「そう伺ってます。将来は桜並木にしたいそうですね」社長は笑顔で勝之を見た。

「ここは、桜並木にとってもいい場所なんです。でも、それには役所など許可が必要なんだそうです」

勝之は、祖父が役所に掛け合って、ようやく許可を得た努力を思い出して言った。

「そうなんです。堤を管理するは、お役所ですからね。でも、この堤に桜並木を造りたいですね」

社長もここが河津桜の並木になったら、すばらしいだろうと思った。

同乗してきた社員が、社長の指示でスケールを使いながら、植樹の位置を決めて、目印の杭を打ち込んでいた。

「どうして、こんなに離して植えるんですか」

勝之は、心配そうに社長に聞いた。

「桜は、日の光を一杯に受け止めようと大手を広げたように枝を張るんです。大きな成木になることを想定してね。だから、このように間隔をおいて植えるんですよ」

笹森社長は、勝之に優しく説明した。

「大きく枝葉を広げ、太陽の光をもらって成長していくんだね」

当然のことなのだが。勝之は、理科で習った植物の成長と太陽エネルギーのことを思い出し、社長の言葉の中に、何か心に感じるものがあって、〈そうだ、僕も桜に負けずに大きく成長するぞ〉と心に刻み、苗木が清流に沿って巨木に育った様子を思い浮かべていた。

準備が調ったところで、まず、植樹の穴を掘る作業にかかった。

「勝之君は頑張り屋ですね。不自由な脚を気にせず懸命にスコップを使って穴を掘ってますよ」笹森社長が汗を拭いながら、清蔵に言った。

「植樹に参加しているんだと思ってるんですよ。黙々と何事にも熱心に取り組むタイプでね。桜も、勝之の意見を取り入れて植えることにしたんだと言ったら、とても張り切っているんです」

「先生に似ているんですよ」

「進んで外に出て、普通に行動するように教育しているのですが、脚が悪いのでやや行動を制約されるのが残念です。しかし、その障害が、相手の痛みを知り、思いやりのある心を育てているようですね」

「やはり、先生のご指導がいいんですよ。樹木を育てるのは、命を育むことなんで、思いやりと、いたわりの心が一番大切ですからね」

二人の社員が、植えた苗木ごとに三本の丸太で支えをつくり、根の周りに簡単な柵をつくっているのを勝之はじっと見ていた。

「堤は風が強いからね。若木のうちは風で倒されないように支えてやらないとならないんです。このように幹を傷つけないように杉皮で巻いて三本の丸太をしゅろなわで結んで支えるんです。けど、あまり強く結び留めないんですよ、鵜の頸結びと言って木が風で倒れない程度に、適度の自由さをもたせて多少揺れるようにするんです。成木になったら、自分自身で風に耐えることができますから、この支えは外してやってもいいですよ」

社員が丁寧に説明してくれた。

勝之は、なるほど、風の強さを柔らかく受け止めるように適当に緩めて結ぶのか。鵜が自由に泳ぎ回って鮎を捕らえられる結び方と同じだから鵜の頸結びっていうのかと感心していた。

昼近くになって、ようやく植樹を終えた。

「あのくらいの大きさの苗木を植えるのは、プロじゃないと出来ませんね。本当に助かりました。軽い昼食を用意させてありますので、家に寄って下さい。さあどうぞ、どうぞ」

清蔵は、ほっとした様子で社長に言った。

「昼は社に戻って食べますから、お気遣いなさらないでください」

「皆さんと一緒に食事をしながら、桜の手入れなどを伺いたいので。是非、家に寄って、話を聞かせて下さい。もう用意していますから」

清蔵は、桜の手入れの具体的な専門家の話を、勝之にも聞かせたかった。

「じゃ、お言葉に甘えて、ご馳走になりましょうか」

笹森社長は、若い社員を促して家に向かった。

庭の洗い場に石鹼とタオルが用意され、日当たりの良い庭に出した長テーブルには、もう料理が並べられていた。

「皆さんご苦労さまでした。勝之は、今日を待ち望んでいたので大変喜んでます」

清蔵が首に掛けた手拭いで汗を拭きながら礼を述べた。

「喜んでいただけたのが、一番嬉しいですよ。仕事をした甲斐があります」

「どうぞお掛けになってください。うちの畑で採れたものばかりの手料理ですが、家内の味自慢ですから召し上がってください」

静枝が、おでんの入った大鍋を運んできて、

「社長さんにお出で頂いて恐縮です。ありきたりの家庭料理ですが、皆さん、どうぞ遠慮なく召し上がってください」と挨拶した。

皆が一つテーブルについて、秋空のもとでの和やかな昼食会になった。

清蔵が食べながら、早速、水のやり方について社長に尋ねた。

「移植の際に水を充分与えてますから、当初は、ここの土になじむまであまり

水をやる必要はありませんが、移植した部分の土が軽く乾いた状態になった頃に、根がこの土地になじんで吸収力が出てきますので、当初は雨の日以外は毎朝水を与えて下さい。水を堤の上に運ぶのは大変ですが勝之君頑張ってね。でも、水はやり過ぎないようにして下さい。水はけのいい堤だから根腐れの心配はないと思いますが。十一月中頃からは根がしっかり張るので、乾燥続きのとき以外は水やりが必要なくなります」

「肥料は、どんなのがいいのかな」

「あの堤は、比較的土が肥えてますからあまりやり過ぎない方がいいと思います。花の咲く前に寒肥として化成肥料を少々やり、夏の花芽分化期に追肥をやる程度でいいですよ」

勝之は、懸命に笹森社長の話を聴き、熱心にメモをとっていた。

「素人は、ややもすると水や肥料をやり過ぎる傾向があるんですよね。いっぱいやれば、早く大きくなると思ってね」

清蔵が隣の勝之にも教えるように言った。

「そうなんです。私はあの頃、先生から教わったことを今でも覚えてますよ。

草木は、水や肥料を欲しがっているときに与えてやれば、要求するものを得たことで喜び、活力が湧いて成長し開花する。だが、水や肥料を与え過ぎると、自ら求める努力をせずに得られるものだから根の張りが悪くなって、正しく成長しないし、余分な水で根腐れを起こしたり、濃い肥料で根を傷めたりする。これは子育ても同じで、豊かな時代に育った子どもたちは、親が余分に与え過ぎて、欲しいものを得た喜びを感じなくなっていると言ってましたね。先生、覚えていますか」

「そんなことを言ったかね、あはぁ、はぁ、その持論は今も変わらないよ。欲しい欲しいと思い続けていたものを得たときの歓びが、活力となりやる気を起こさせるのだが、求めていないのに与えられたものは、有難味がなく粗雑に扱うからね」

「その通りですね。ある有名な野球選手が貧しかった少年時代にようやく買ってもらったバットとグローブを、これは私に力を与え育ててくれた宝だと、大切に保管しているという話をききました。大成する人間は違いますね」

「その野球選手は、欲する物を得て努力した結果、功を摑んだのだよ。『求めよさらば与えられん』とは新約聖書の言葉だが、何もせずに金持ちになれますようにと祈っても叶えられるものではない。これは全てに言えるね、努力して求め続けることで得るものだよ。草木は生きんがために、養分を求めて根をどんどん伸ばして大きく成長する。そして、この根は大地を摑んで、自分自身をがっちりと支えているのだよ。勝之も将来の希望に向けて努力し、大地にしっかりと根を張って多くを吸収し、わが身をがっちり支えることだな。このように自然界の植物も動物も必死になって逞しく生き抜いていく力をもっている、これを根性というのだよ。勝之も苦難に挫けない根性をもつことだね」

清蔵は、勝之に向かって言った。

「おお、さすがに先生だ。根は水や養分を求めて大きく張って吸収する。この働きと共に、根は大地を摑んでわが身を支えている。根の張りが大切だということは、植木職の基本なんですが、先生の話には、人生も斯くあれと示唆してくれてるのだよ」と二人の社員に言った。

「人間も大地をがっちり摑む根を育む精神力、これが本当に強い根性なんですね。私どもにとって、とても良いお話で、あの頃の先生の話を聞いているようで嬉しくなりました。社に帰って、この話を朝会で皆に聞かせてやりましょう」

社長は、笑みをたたえて社員を見回し、二人の社員は笑顔で頷いていた。

「ああ、すっかりご馳走になりました。そろそろお暇しましょう」

「お忙しい時期に、長い時間お引き留めして申し訳ありませんでした。あとは、そのつど電話で相談することにして、皆さん、今日はご苦労さまでした」

清蔵は、社長と社員に丁寧に挨拶をした。

「じゃ、失礼します。ああそうだ、勝之君にも名刺をあげておこう。分からないことがあったら電話を下さいね」

社長は腰を上げて、笑顔で勝之と握手をして帰っていった。

翌朝、勝之は、早起きして水バケツを持って堤に上り桜を見守っていた。「根付くまで頑張って元気に育ってくれよ」と、桜の幹を撫でて声を掛けていた。朝露でしっとり濡れた若い木肌は、ひんやりとして心地よかった。

十月十九日の夕方、天気予報は、マリアナ諸島近海で発生した熱帯低気圧が沖ノ鳥島付近で台風21号となって北西方向に向かっていると報じていた。

「ちょっと季節外れの台風だな。この時期の台風は、小笠原諸島あたりで東に向きを変えて太平洋上に向かうだろうから、多分、こちらには来ないだろうよ」

清蔵は、テレビを見ながら勝之に言った。

「台風が来たら困るなぁ。桜は植えたばかりで根が張ってないから」

勝之は心配顔で言った。

二十二日の台風情報では、小笠原諸島沖合をゆっくりと北上しており、海上にとどまる時間が長いので、海水から水蒸気とエネルギーを得て大型化して非常に強い台風に発達していた。さらに、列島に沿って横たわっている秋雨前線を刺激して各地に大量の雨を降らせることが予想されていた。気象庁では中部地方から関東にかけての地域では厳重に警戒するようにと報じており、進路の予想図をかかげ西伊豆の降雨量は一日三〇〇ミリと予想していた。

翌日には、台風が石垣島沖で進路を北東に変えて偏西風に乗って速度を速め、日本列島に向かっていた。

「植えたばかりで根づいてないのに、台風で倒されたらたら大変だよ」

勝之は、学校から帰るとすぐに、テレビの台風情報を聴いていた。

「勢力を増しているようだな。十月の台風としては異例な動きで、島を縦断するルートが予想されてるから、今後の台風の動きを注視しないとならないな」

清蔵は、テレビの進路予想図を見て勝之に言った。

夕方になって、台風は気圧九三四ｈＰａ、最大風速四〇ｍ／ｓになって、御前崎沖を通って伊豆半島に向かっており、暴風雨圏が広いので伊豆一帯に厳重警戒情報が出された。

戸を叩く雨音や風雨が激しくなってきて、町の広報車が台風の警戒を呼びかけ、『川には絶対に近づかないように』と報じていた。

町役場では、台風の進路から町が暴風域に入ると予想して、川に近い住民は高台にある小学校の体育館に避難するように、放送で呼びかけていた。

「川が氾濫すると大変だから、避難の準備をした方がいいな」

清蔵は、風雨が益々激しくなるので、静枝に指示していた。

「そうね。ここは川が近いから、早めに避難しましょう。勝ちゃんも学用品をザックに入れておきなさい」

勝之は、ザックに教科書やノートを詰め込みながらも、桜が心配でならなかった。

「桜は堤の端に植えたので、この風で倒れて流されないだろうか」

「造園の人が、頑丈な支えをしてくれたから大丈夫だろう」

「でも心配だなぁ。僕、ちょっと行って見てくる」

雨合羽を着ようとして、外を見ているところに、合羽姿の消防団員が避難を促しにやって来た。

「君！　どこに行くんだ」

「堤に桜を見に行きたいんです」

「何を言ってるんだ。行っちゃだめだ！　君が行ったって、この強風の中でどうにもならんだろう。川が急激に増水しているから消防団員が堤を交通止めにして、堤には上がれないんだぞ」と大声で怒鳴られた。

「川が警戒水位に達して、なおどんどん増水しているから、今のうちに、皆さんで避難して下さい。ここは川が近いので鉄砲水に襲われる危険があるし、あっという間に増水しますからね」と警告して、消防団員は隣の家に避難を呼びかけに行った。

「雨が激しくなってくるようだから、今のうちに、急いで避難しましょう」

静枝が、清蔵を促した。

「身の安全が第一だからな。三人で避難しよう。消防団員が川の増水を見張って警戒に当たっているし、桜も見ていてくれるだろうからな」

清蔵は、優しく勝之に言ってザックを背負わせて、高台の避難所に向かった。

避難所になった小学校の体育館にはマットが敷かれ、毛布が用意されていた。

「ああ、勝ちゃんも来たか。心配そうな顔してどうしたぁ。自然のことだからな、あれこれ心配しても、どうしょうもねえよ。まずは自分の身を守ることが第一だからな」

知り合いの小父さんが声を掛けてくれた。避難してきた人々は、みんな顔見知りなので、励まし合っていた。

体育館に備えられたテレビでは、台風情報を刻々と知らせており、台風が御前崎沖を通って、波勝岬から上陸したことを報じていた。

町の無線は、消防団から得た河川の増水情況を体育館のスピーカーで知らせていた。すでに西伊豆一帯が猛烈な風雨で、どの河川も警戒水位に達していた。

「おじいちゃん、川が氾濫したら家にも浸水するだろうね。桜は流されないだろうか」

「そうだなぁ、桜の根がどれだけ持ちこたえられるかだな。運を天に任せるしかないな」

　夜半を過ぎても、風雨はおさまらず。勝之はマットに横たわったまま一睡もせずに過ごしていた。

　体育館の窓がほのかに白々としてきた頃、ようやく風の音が静かになった。だが雨はまだ降り続いていた。

「おじいちゃん、台風は去ったよ。桜を見てこないとね」

「そうだなぁ、川は氾濫を免れたようだから、雨がもう少し小降りになったら家の様子を見に行こうか。でも、雨がやんでも山からの流量は減らないから、川は増水を続けるんだよ。まだ危険だから立入禁止になっているだろうから、堤には川の増水がひけてから見に行こう」

「でも、心配だなぁ」

「まだ雨が強く降ってるでしょ。慌てずにもう少し様子を見てからにしようね。勝ちゃん、みっともないから、まだ座っていなさい」

静枝は、落ち着かない様子の勝之を諌めた。

一時間ほどして雨が上がった。家がどんな状態になっているかが心配で、三人揃って風で折れた枝葉が散在する道を家に急いだ。

家は、屋根瓦が数枚飛ばされ雨水が入り込んでいた。勝之は、桜の状態が知りたかった。

「僕、堤に行って見てくるよ」

「道が荒れてて危険だし、川はまだ増水したままで激しい濁流だから、まだ堤に行ってはだめだよ。朝飯を食べて川が落ち着いてから、おじいちゃんと一緒に行きなさい」

静枝は、勝之が桜を見ようと堤の端まで行って、足を滑らせたら大変だと思った。

「わしも様子を見たいから、食事の後、頃合いをみて一緒に行こうな」

清蔵は、勝之がひとりで堤に行くことを止めたが、自分も桜が心配だったので、川の様子が落ち着いた頃合いをみて二人で行こうと考えていた。

清蔵は、消防団員の話から、川の増水時の水位を考え、桜の倒れている状態を予想していた。倒れた若木を早く起こして根元を整えてやりたかった。

朝飯を食べ終えた頃から、すっかり晴れ渡って青空が見えてきた。

「母さんは家の片付けで忙しいから、勝之と桜の様子を見に行こうか」

清蔵は物置からスコップとバケツを出してきて、勝之にも小さなスコップを与えた。

「現場を見なければならないが、一応、道具だけは持って行こう」

歩き出してしばらくしてから、

「ちょっと待ってくれ。倒れた木を起こすにはロープがいるな」

と戻っていって、ロープを肩に引っ掛けてきた。

「ロープでどうするの」

「若木が倒れかかっていたら、ロープを掛けて引き起こそうと思うんだが」

堤までの農道は風雨に荒らされて倒木が散乱し、多数の消防団員が懸命に片づけていた。

「川はまだ増水しており危険だから、絶対に川の方には下りないでください」

と消防団員に注意された。

二人が堤に上ってみると、川はまだ荒々しい濁流で、一本の若木は倒れて支えの丸太も流され根元の土が酷くえぐり取られていた。他の二本は支えは流されなかったが、やはり根元の土がえぐられ柵がなくなり木はやや傾いていた。

「これは酷いな。木が流されずにすんでよかったが、造園に連絡して、専門家に修復に来てもらった方がいいな」

「そうだね。でも、あの木は倒れたままじゃ可哀想だから、起こしてやろうよ」

「折角ロープを持ってきたんだから、やってみるか」

清蔵は、幹の上部に手拭いを巻いてその上からロープを結んだ。

「わしが根元を確保しているから、勝之は堤の上でこのロープの端をゆっくりと引いてくれないか」

「そうか、分かった。木を引き起こすように引くんだね」

清蔵が木の幹を持ち上げるようにしながら、勝之が懸命にロープを引くのだがなかなか起こせない。

「ちょっと無理だな。引き起こしても、その後の処置が分からないから、やはり造園の人に来てもらって、専門家に任せた方がいいようだ」

「やはりプロじゃないとだめか。でも、この木は根がむき出しになって可哀想だなぁ。早くしないと枯れてしまうよ」

「造園の人は、樹木の手当てを心得てるから、きっとよく処置してくれるだろう」

清蔵は勝之の気持ちをくんで、安心させるように言った。

家に帰って早速、勝之は貰った名刺の電話番号で笹森社長を呼んで、桜が台風でやられた情況を詳しく連絡した。

「近くの川も警戒水位に達したようだから、勝之君はとっても心配したろうね。私も心配していましたよ。でも、氾濫しなくてよかったね。早速、若い者を連れて行ってみますから、そのままにして待って下さいね。桜は大丈夫元通りにしますから」と社長が言った。

その日の午後、社長は二人の社員を連れ、トラックに工具と支えの丸太や柵の材料を積んできてくれた。

「突然にお願いして申し訳なかったね。すぐに来てくれて有り難いですね」

清蔵は社長に礼を言った。

「移植して間もないところは、暴風雨や台風でやられることが多いんで、社員が手分けして見回っているんです。こちらにも伺う予定になっていました。勝之君からお電話をいただき、被害状況を詳しく知らせてくれたので、その処置に支えの丸太と柵の材料を準備してきました。私どもは、苗木を植えるだけでなくアフターケアも大事にしていますので、台風の被害だけでなく、植樹後の病害虫の対策などの相談に応えて成長を見守っておりますから、これからも遠慮なく何なりとお申しつけ下さい。じゃ、早速作業に取りかかりましょう」

社員と一緒に、勝之と清蔵が堤に上がっていった。

勝之と清蔵がロープを掛けても引き起こせなかったのに、社長と作業員とが手際よく三本の若木を立ち直らせ、しっかりと根固めをして、丸太で支えをつけて柵をつくり修復してくれた。

勝之と清蔵は、一連の作業をプロは凄いと感心しながら見ていた。

「今年はこの台風が最後と思うから、もう大丈夫でしょう。でも何かあったら、連絡して下さい。では、次に回るところがありますから、失礼します」

と急ぎ帰っていった。

テレビで今度の台風での伊豆一帯の被害が報じられていたが、どの川も氾濫はなかった。

台風シーズンも去って遥か天城の山々は紅に彩られ、桜も葉を落として四季の移ろいが感じられた。比較的暖かい西伊豆だが、天城連山から吹き下ろす風は肌をさすものがあり、朝夕は相当に冷え込むようになった。

勝之は桜も寒かろうと思った。だが、この寒さに耐えてこそ、春の暖かさに目覚めて美しい花を咲かせるのだと聞いたので、春が待ち遠しく感じられていた。

桜は移植で疲れているから来春の花は期待できないと言われたものの、勝之はもしかして春になったらと、かすかな望みをかけていた。

十一、さくら咲く

晴れ渡った正月を迎えて、若木は枝の先々に小さな赤い花芽をつけていた。

「ああ、もう芽が出ている。これが、おじいちゃんの言ってる〈命の芽生え〉だな。台風ではよく頑張ったし、すっかり元気になって、寒いのに、お前たちはもう春の準備をしているのか、偉いなぁ。頼もしいぞ！」

勝之は若木に話しかけ、寒さに負けずに頑張るぞと言っているように感じて、幹を撫でて励ましていた。そして、花への期待が大きく膨らんでいった。

三学期の始業式の後のホームルームで菅原先生は、飯島が柔道の県大会に出場することになったことを報告した。

「おお、すげえ！」と一斉に声が上がり拍手が起こった。

「おめでとう。頑張れや」佐藤が励ましの声を掛けた。

学期はじめのホームルームで学級委員を選ぶことになっていた。

初恵は柔道の練習を理由に委員を辞退した。一緒にやってきた佐藤清次は、続けてやってくれと頼んだが、放課後すぐに練習に行かないとならないからと固辞された。

「町の代表選手として出るのだから、柔道にかけさせて皆で勝利を祈ってやろうよ」

菅原先生がみんなに言った。

「ありがとう。クラスのことも気になるのですが、勘弁してください。佐藤君には続けてもらって、私の後に鮎川澄江さんを推薦したいと思います」

と、初恵は佐藤と鮎川を推薦した。

加藤も自ら立候補し、仲間の相沢和美を推薦したので、候補者四人での投票になり加藤と鮎川澄江が選ばれた。

菅原先生は、加藤には統率力や能力があり、自信をもたせて善い方に導いてやれば大きく伸びる人間とみていたので、学級委員としての自覚と責任を持たせる指導をするよい機会だと思っていた。

指導の甲斐あってか、最近、加藤は責任感に目覚めて一年のときのように羽目を外した行動をしなくなり、授業での態度もよくなってきた。

一月下旬、勝之は学校帰りに若木の一本に数輪の花が開いているのを見つけた。

「おっ！　咲いた、咲いたぁー、桜が咲いたぁー」

大声で唄うように叫びながら、体を大きく揺すって小走りに家に帰った。

「おじいちゃーん！　あの若い木に花が咲いてたよ」

「おお、若木も咲いたか。今年は例年より少し早いな。どれや、見に行こうか」

清蔵は、勝之と堤に向かった。

「移植したばかりだから期待してなかったたが、勝之が親身になって世話をしたから咲いたんだよ」

「つぼみがいっぱいあるから、きっと、そのうち全面に咲くね。先頭の大きい桜も咲き始めてるよ」

二月に入って三日ほど暖かい日が続いたので、思いのほか開花が進み遠くから堤を見ると、見事に花をつけた樹齢十六年の成木を先頭にして、花で包まれた背の低い三本の若木がきれいに並んで、親鳥に従う子どものカルガモのように見えた。

「桜よ君たちは、この暖かさで目覚めたのか。堤に桜を植えてよかったなぁ」

勝之は、飽きずに桜を眺め、誇らしい気持ちになった。

〈梅は咲いたが、桜はまだか。ここの堤で河津桜が咲いてますー〉

祖父が鼻歌まじりに口ずさんでいた唄を、勝之が即興で替え唄にして堤の上で踊るようにして歌っていた。

「一人で見るだけでは、もったいないなぁ」

どの木もまだ四分咲きほどだが、淡いピンクの花が堤の緑に映えて浮き上がって見えた。みんなに知らせたい、そして、誰かに見てもらいたいと思った。

まず、菅原先生に話した。

「そうか、勝之君とおじいさんが植えた堤の桜だね。そのうち見に行こう」

放課後、勝之は昇降口の靴箱のところで、初恵が出てくるのを待っていた。

「初恵ちゃん、堤の桜が咲いたんだよ。とってもきれいなんだ、見に来ない?」

もじもじしながら、勇気をふるって初恵を誘った。

「ああ、勝之君が植えた桜ね。もう咲いたの、早いわねぇ。ぜひ見たいわ、一緒に行きましょう。今日は柔道の練習が無い日だから」

初恵は、堤に向かって勝之の歩調に合わせてゆっくりと歩いた。髪を後ろできりりと束ね、清純な感じの初恵に、勝之は心が引かれていた。

「初恵ちゃんの柔道着姿、さっそうとして素敵だろうな。柔道が強いなんて、僕、尊敬しちゃうよ。初恵ちゃんは、気が優しくて力もちなんだから……」

「それじゃ金太郎じゃない。あ、はぁ、はぁ」

「県大会に出るんだから凄いなぁ。けど、学級委員から身を引いたのは残念だよ。折角、クラスが良くなりかけてきたのに」

「特訓があるから、放課後、急いで道場に行かないといけないのよ、クラスの人には悪いんだけど。町の代表として出るんだから、町のためにも頑張らないとならないからね」

「代表選手だものね、ほんとに偉いなぁ。それで大会はいつなの」

「三月二十六日と二十七日に沼津市民体育館でやるの、女子は二十六日で、試合開始は九時で中学生の部から始まるのよ。市と町から二十八チームも参加するの、トーナメント戦だから勝ち残れないと、残念でしたご苦労さまとなるんだよ。勝ち残りたいんだ、勝っちゃんが応援に来てくれると、勝ちゃんで縁起がいいから是非来てよ」

「必ず応援に行くよ」

話がはずんでいるうちに、桜が見えてきた。

「あっ、あそこに桜が！　あれが勝ちゃんの桜なの」

大きな桜を先頭に三本の若桜が淡いピンクの花を咲かせていた。

「ほんとに綺麗ね、淡いピンクの綿帽子をかぶっているみたい」

「河津桜は、ほかの桜より早く咲くんだよ」

二人は、桜の前に立ち止まってしばらく眺めていた。

「小高い堤で川に面して咲いていて、周りの景色とも調和してるわね。色あいが綺麗だから見飽きないわね、お母さんにも教えてあげよう」

「この若い桜は造園の人の指導で僕とおじいちゃんで十月に植えたばかりなんだ。今年は花が期待できないって言われたけど、頑張って咲いてくれたんだ」

勝之は、愛おしむように木肌を撫でていた。

「そう、この若い桜がいいわ。懸命に咲いているっていう感じでね。若くて、あたしたちぐらいの年齢だわ、きっと」

「十年後には、この若木もあの大きい桜と同じように枝を広げて、いっぱいに花をつけるだろうな。僕はもっと桜を植えて、この堤に桜並木をつくりたいんだ」

勝之は言いながら十年後の自分を思った。

「そうなったら、見事だわ」

「僕らはどんな大人になっているだろうね。そのときには、僕らも見事な花を咲かせないとね」

「勝之君は、医学部に進んでいたりしてね」

「えっ！　そう僕、医者になりたいんだ。本当に」

秘かに抱いている夢を初恵に当てられたかと驚いて初恵を見た。

勝之は、医者になって障害者の治療に当たりたいという志と勉強では負けないという自負心があり、この大きな夢がいじめなんかに負けないという力となり、明日への活力となっていた。

「勝ちゃんなら、理科や数学が出来るから頑張ればなれるわよ。夢は日々の努力によって実現できると信じているの。とにかく、その志をもって立ち向かって努力することよ。努力しないで抱く夢ははかなく消える幻なのよ」

「さすがだなぁ！　初恵ちゃんは努力家だからなぁ。きっと花を咲かせるよ、人生の花を」

勝之は、初恵の美しい娘姿を想像しながら言った。

「そうね。わが人生の花か、勝ちゃんと話していると希望が膨らんでくるわ」

初恵は青い空を見上げて大手を広げて「やるぞー」と大声で叫んだ。

「よーし！　ぼくもやるぞ！〈少年よ大志を抱け〉とクラークが教えてくれたからね。そして十年後は、ここも河津桜の並木になって堤の桜と呼ばれる名所にしてみせるぞ」

勝之は、〈志に向かって努力することだ〉と言った初恵の声に勇気を得ていた。

「ここが桜の名所になったら、人々がご馳走を作ってお花見に来るわね。私も子連れで来るわ、あっはぁ、はぁ。でも、私の夢はもっとでっかいのよ」

「初恵ちゃんは、いつも明るくていいな。ぼくも楽しくなるよ。お互い夢に向かって頑張ろうよ」

「勝ちゃんは、勉強が出来るからうらやましいな。期末試験も近いし、私は数学と理科がどうも苦手なの、中学になったら急に難しくなったから。私に数学を教えてくれない」

「僕、教えるほど力がないけど、初恵ちゃんと一緒に勉強できるといいな」

「柔道のない日に、勝之君の家で教えてよ」

勝之は胸がどきどきして、二人で勉強できたら楽しいだろうなと思った。

「うちのおじいちゃんは、もと理科と数学の教師だったんだよ。だから僕に勉強を教えてくれるんだ。おじいちゃんに言って、一緒に教わろうか」

「ほんとー、理科と数学の先生だったの、よかったぁ。是非お願いしたい、頼んでよね」

「ああいいよ、おじいちゃんに頼んでみる」

多分、祖父は快く引き受けてくれるだろうと思った。

「数学と理科が苦手だから、期末試験の勉強をどうしようかと悩んでたの、ほんとに教えてほしいから、おじいちゃんに頼んで、ほんとよ。今日はよかったぁーお花見もできたし」

初恵は繰り返し頼んで、心の中にも花が咲いたように、明るくなった。

「ここの桜は、もうしばらく咲いていると思うから、初恵ちゃんのお母さんにも教えてあげてね」

「そうね、母を連れて来るわ。そろそろ帰らないと。じゃあね」

初恵は、走りながら手を振って堤の道を帰っていった。

初恵は、体育だけでなくどの勉強も好きだったが、数学や理科が苦手だった。ここの町外れには学習塾がなかったので、教わる所がなく困っていた。柔道の帰りに町の学習塾に寄ってこようかと考えていたところだった。

勝之は家に帰って、早速、清蔵に話した。

「今日ね、初恵ちゃんとお花見をしたんだ」

「ほー、勝之が女の子を誘って、お花見とはね、珍しいな。雨でも降るんじゃないかな」

清蔵は笑顔で勝之を見た。

「初恵ちゃんが数学と理科が不得意だから、おじいちゃんに教わりたいって言うんだけど、僕と一緒に教えてやってよ」

清蔵は初恵に会ったことはないが、ときどき勝之から話を聞いていた。

「柔道をやってる女の子だね。なかなか積極的で活発な子らしいね」

「初恵ちゃんは凄いんだ、柔道の県大会に町の中学生代表として出るんだから」

「おお、それは、頼もしいな」

「勉強も柔道も一生懸命にやるし、いつも僕の味方になってくれるんだ。僕、もう、うちで一緒に勉強しようって言ったんだよ」

「うちで教えるのはいいが。親御さんの許しを得ないとな」

「じゃ、明日、初恵ちゃんに言うよ」

勝之は、桜日記に〈初恵ちゃんを誘ってお花見をした〉と書き、桜の状態と学校での出来事を記した最後に〈初恵ちゃん、一緒に勉強しようね〉と呼びかけるように書き加えた。

三日後の午後、初恵と母親が訪ねて来た。

「初めまして飯島初恵の母でございます。以前、中学にお勤めだったそうで、初恵が先生に勉強を教えてもらいたいと言うもんで伺ったんですが、お願いできればとっても有り難いこってす。初恵がお宅の勝之君と仲良しなんで、一緒に勉強できるのを楽しみにしてますでな。お願いできますでしょうか」

考えてきたことを一気に話した。

「勝之も飯島君と勉強したいと望んでおりますから、いいですよ。退職した身ですが、勝之と一緒に勉強させますから、どうぞ気兼ねなく家に来てください」

「お願いします」

と初恵は頭を下げて道場での挨拶のように元気な声で言った。

「ところで、柔道の県大会に町の代表として出るのだそうで、ご立派ですね」

初恵は褒められて、はにかんでいた。

「柔道で勉強がおろそかになるのが心配なんですが、初恵は勉強も頑張って、柔道の名門高に進学したいって言うもんで、本人の望みをかなえてやりたいと思ってますすで、勉強の指導を快く引き受けていただいて助かりました」

「一緒に勉強することで、学習効果が倍増しますからね」

「ほんとに有り難うございました。あのー、これは、ほんのお口汚しですけど、どうぞ召し上がって下さい」

母親は、持参した手製のおはぎを差し出した。

「ご丁寧に、どうも。遠慮なく頂きます。初恵さんのことは、勝之から度々聞かされております。意志の強いしっかりしたお嬢さんですね」

「いやー、お恥ずかしい次第です。ところで、差し当たっては期末試験の勉強を見て頂くのですが、三年になってもお願いしたいと言っておりますので。指導して頂くとなると、お月謝をお支払いしないといけないですが」

「いや、いや、その心配はご無用です。勝之と一緒に勉強するんですから、遊びにくるつもりで、気楽に来てください。勝之がとっても喜んでおりますから」

「えっ、よろしいんで。それはとっても有り難いことでございます」

「まずは週一回にして。定期試験の前には柔道のない日は続けて来て下さい」

清蔵は、母親の隣に正座している初恵に言った。

「はい、大会までは柔道の練習が月、水、土、日にあるので、練習のない木曜に学校から勝之君と一緒に来ます。勝之君とは頭のできが違いますから、よろしくご指導願いします」

初恵は、柔道の先輩にするような律儀な挨拶をした。

清蔵は笑みを浮かべて、改めて初恵を見て、芯のしっかりした子だと感じた。

「おや、柔道の練習が四日もあるので」

「今は出場選手の特訓中なので、定期試験中でも帰宅して昼食を終えたら道場に来て二時間ほど練習をするように言われてるんです。試験中は練習の帰りに、こちらに来て勉強を教わってもいいですか」

「いいですよ。試験中でも特訓を受けるとは凄いね。疲れるだろうね」

「大丈夫です。鍛えてますから」

「初恵ちゃんは、文武両道なんだから僕は感心してるんだ」

それまで、黙って座っていた勝之が言った。

「そんな立派じゃないんです。ただ、出場選手になったのだから責任があって、でも、大会が終われば、道場の練習は週二日だけになるんです」

「勉強の方は心配なく。数学はコツを覚えると解けるようになり次第に問題を解く面白さが出てきますよ、柔道のようにね。今度の期末試験までに一週間以上あるから成果が期待できますよ」

「数学だけでなく、他の教科でも分からないところを聞いてもいいですか」

「いいですよ。勝之と一緒に勉強するんだから気楽にね」

「よかったね、初恵。じゃ、そろそろお暇しましょうか。ほんとに有り難うございました」

「はい、これからよろしくお願いします」初恵は手をついて頭を下げた。

初恵は、清蔵が元教頭先生と聞いて緊張していたが、話を聞いていくうちに優しいおじいさんだと感じ、勝之君は顔や気性がおじいさん似なんだなと思った。


頑張り屋の初恵は、期末試験が近づいたので柔道からの帰りも急いで勝之の家に寄って、毎日勝之と一緒に勉強していた。

四日間の期末試験が始まった。いつも苦い思いをしていた理科と数学に、今度は手応えを感じた。勝之と答え合わせをして、その結果を期待していた。テストの終わった翌々日の三月八日に、初恵は菅原先生に桜の話をしようと、職員室に行った。

「おお、いらっしゃい。今度は苦手の理科も克服したね。86点だったよ」

先生は書類の整理をしながら、成績が大きく伸びたことを褒めた。

「ああ、うれしい。わたし勝之君のおじいさんに勉強をみてもらってるんです」

「勝之君と一緒に勉強してるのか、それで成績がぐんと上がったんだな。これからも勝之君と一緒に勉強すると切磋琢磨して、学習効果は数倍に上がるからな。それに伊東先生は、現役のとき理科と数学の担当だったというし、ベテランだからポイントをつかんで、心得た教え方をするのだろうからね」

「ええ、とっても分かりやすく教えてくれるんです」

「三年になると高校受験の勉強もしないとならないから、続けて伊東先生に教えてもらうといいね」

「ええ、そうします。勝之君と勉強するのがとっても楽しいんで、受験勉強もお願いしてるんです」
「互いに、志望校に向けて頑張ることだな。柔道大会の方も良い結果を期待し
ているよ」
菅原先生は、初恵は文武両道で、優れた能力の持ち主だと思った。
「あっそうだ。先生に桜のことを知らせようと思って来たのだった。勝之君の
近くの堤の河津桜がとってもきれいなんです。先生、是非見に行ってきてね」
先生は勝之君からも誘われていたので、学校の帰りに堤の桜を見に行った。
桜が背景と調和して、実にすばらしいところだと、町役場に勤める友人に話
したのが役場の課長から町長に伝えられた。

十二、桜並木の実現

昨年の秋に選出された若い町長は、「西伊豆の自然を活かした町づくり」を公約に掲げ、新たに美化推進課を新設していたので、堤の桜の話を聞き、早速、担当課長と見に行くことになった。

清蔵は役場から、町長を案内するようにと電話連絡を受けた。以前から望んでいた計画を提言するチャンスだと思って、この辺りの堤に河津桜の並木を作り町民の憩いの場にするという計画書を作成して、視察に来る新町長に手渡そうと考えた。

二日後、町長が視察に来た日は、丁度、四本の桜が満開で、緑の天城連山をバックにした景観が見事であった。

「いやぁー！　なんと素晴らしいロケーションなんだ」

町長は、役場の事務服のジャンパー姿で、課長と実務担当者の三人で来た。清蔵は、桜を植えた経緯を説明し、さらに沢山の河津桜を植えて、堤に桜並木作る計画を話して、用意しておいた計画書を町長に渡した。

町長は、堤の道を清蔵の案内で歩きながら、景観の説明に頷き、堤から河川敷まで下りて丹念に見て歩いた。

「この場所は、伊東さんのいう通り、町民の憩いの場に最適だね。山と川、そして、ひなびた田園風景、遠くに天城の山々を望み伊豆の自然がセットになっている。この自然は、伊豆の、いや日本の宝ですな。ここに桜並木をねぇ、それは実にいい考えだ。桜は日本人の心だからね」

町長はしばらく周りの風景に見とれていた。

「そうですね。町おこしのために、この自然の宝を生かすことだと思います」

同行した課長が賛同の意を示した。

「最近は、高い箱型のホテルが林立した観光地よりも、自然が豊かで湯煙の上がる鄙びた純日本風の温泉が好まれますからな。ここに河津桜の桜並木が出来れば、西伊豆にも温泉が各所にあるので、桜と温泉の西伊豆の名所になりますな。私は伊東さんの計画に大賛成です。とても良いご意見をいただきました。早速、計画書を担当の美化推進課で検討してもらって、実現に向けて努力しましょう。大島課長、早速検討して下さい」

と、隣に控えていた課長に命じた。

「小さな町の限られた予算では、すぐに桜並木にすることは出来ませんが、長期計画でなら可能だと思います。最初の一歩を新年度の計画に入れて予算書を作成し、年度初めの町議会に提出できるようにします」と課長は言った。

「お願いしますよ。外国からの観光客が伊豆の自然に目を向け始めてますからな。外国の観光客は自国と同じような箱形のホテルに泊まるのでは、折角の海外旅行の気分にならないからね。彼らは日本らしさに引かれ、それを求めて海を渡って来てくれるのですからな。この西伊豆には昔からの和風の温泉旅館が沢山あるし、夕日の美しさで有名だし、また、秋には天城連山の紅葉がすばらしいし、さらに、桜の名所になったら、海外のお客さんには最高な観光地になりますな。ここを桜並木にしたら海外のガイドブックに載せてもらいましょう。五年計画ぐらいで実現したいですな。やぁ、今日は伊東さんには、大きな夢をいただきました」

町長は、その将来の光景を頭の中に描いて、目を輝かし遠くの山々を望みながら話した。同行した課長もしきりに頷いていた。

桜の花びらが川風を受けて舞い上がり、天城の山は、橅の木々の新緑に包まれていた。


柔道の練習の日には、練習を終えてやって来る初恵を勝之が桜の下で待っていた。勝之は、待つ間二人だけの秘め事のようなときめきを覚え、早く会いたいという思いが募っていた。柔道の特訓を終えて、遠くから堤の道を走ってくる初恵の姿が分かった。

初恵も勝之を見つけると、手を振って走ってきた。

「お待ちどおさま！　川風を受けて堤を走るのは、気持ちがいいね。これもトレーニングだからね」息をはずませながら言った。

「大会までは一週間しかないね」

「数学の勉強は、柔道の緊張を解いてくれるの、緊張の連続はよくないからね」

期末試験も終わったので、初恵は柔道の特訓で毎日道場通いをしていた。

「初恵ちゃんは、頭の切り替えが早いし、いつも明るくてうらやましいなぁ」

「人間は、いつもプラス思考じゃないとだめよ。勝ちゃんも最近はとても明るくなったわ。そうだ、菅原先生から成績が上がったって言われたんだよ」

「通信簿は、終業式までお預けなのに。初恵ちゃんにだけ見せたの」

「そうじゃないの。先生のところに行ったら、丁度、担当の理科の採点を終えたばかりだったんで、私の点数を教えてもらったの。よく勉強したねと褒められたんで、勝ちゃんのおじいさんに勉強を見てもらってるって言ったわ」


大会の前日、勝之は、己を鼓舞するために聴いている歌のテープを持ってきて、

「初恵ちゃんを励ます歌だよ」と言って、清蔵と三人で聴いた。

勝つと思えば負けよ……に、初恵は頷いていた。

「歌の文句にあるように、勝ちを意識すると平常心を失い、過度の緊張でストレスが高まるから、あまり勝ちを意識しないことだね。やるだけやる、結果は

それについてくると、試合に向けて雑念を払って無の境地に入ることで心の乱れが取り除かれると思うよ」

清蔵は、大事に臨んでの心構えを多くの経験から得ていたが、初恵を見て、中二と思えない精神力を会得していると感じ取っていた。

「座禅の境地ね。私も試合直前には、あまり考えないようにしているのです。その方が試合中、体が咄嗟に反応してくれます。これが練習の成果だと思うのです」

「練習で得たものを体が覚えているのだね」清蔵は、さすがに町の代表選手だと思った。

「体で覚えるのか、ちょっと難しいな。でも、大勢の人が見ている中で試合をするんだから、緊張するだろうね」

勝之は、初恵の試合場での姿を想像して言った。

「そうね。試合中は夢中だけど、出番を待ってるとき緊張するわ」

「それは当然だね。適度の緊張は必要なんだが、過度の緊張はストレスになって、体の動きを鈍くするからな、特に、脳の柔軟性を失わせて、咄嗟の判断ができなくなるんだよ。運動では瞬時の判断と瞬発力が勝敗を決めるからね」

清蔵は、初恵の心を読んで忠告した。

「そうです。わたしもそのように心掛けて、出番待ちのとき気持ちをそらすように好きな音楽をイヤホンで聴いているんです」

「それがいいんだ。自身は無意識に心の底で頑張ろうとしてるんだから、直前にまわりの人が〈頑張れよ〉などと軽々しく言わない方がいい。ただし、相撲の有名な親方が話してたんだが、取組の最中、大声で〈頑張れえー〉という掛け声は、ふと現れる弱気を吹っ飛ばして勇気を奮い立たせる絶大な効果があるそうだよ。勝之も初恵ちゃんの試合中に大声で掛け声をかけてやりなさい」

清蔵の話に、初恵はしきりに頷いていた。

勝之は、祖父の言葉が自身の心にも響くところがあり、相撲の取組中にひいきが掛け声をかけるように、試合中の大きな声援は奮起を促すのだと理解していた。

大会当日、勝之と祖父は早めに家を出た。市民体育館には、すでに多くの観客が入場していた。勝之は、入り口で貰ったプログラムを開いて見ていた。

「おじいちゃん、ここに初恵ちゃんの名が載ってるよ」

「チームの数がずいぶん多いんだね。静岡や浜松のように大きな市は、柔道人口の層が厚いだろうから、強い選手も沢山いるだろうな。そんなチームの選手と小さなわが町の選手が対等に戦うんだから、大変だなぁ」

「初恵ちゃんは、強いから大丈夫、必ず勝つよ」

清蔵は、町の選手が試験中まで連日特訓を受けていたのが分かる気がした。

中学生の部から始まり、市と町の参加二十八チームのトーナメント戦であった。

体育館に設置された三面で試合が行われ、各チーム三名の選手の勝ち抜きで対戦することになっていた。係の人に聞いたら中央の畳で行われると教えてもらって、二人は中央のよく見える前列に陣取った。

しばらくして、両チームの選手が出てきて左右に分かれて座った。

最初の対戦は、わが町の小柄な選手の佐山と、島田市の背の高い選手だった。相対して礼をして、「はじめ」の合図で組み手を争っていたが、佐山は相手の右袖口を取った。懐に入って一本背負い投げを掛けようとしているが、相手は足技が得意らしく、しきりに足をねらってくるので場外に逃げていた。佐山は相手の懐に入りたいのだが、なかなか入り込めずにいて主審に消極的とみられて「警告」が与えられた。いささか動揺した佐山の隙を見抜いた相手の送り足払いで一本を取られてしまった。

次の初恵は、佐山との対戦で相手が足技を得意にしていることと、その弱点をよんでいたので相手の足を警戒して動き回り、技を掛けてきた瞬間、幾度か払い腰を掛けたが外されてもつれ合っていた。初恵は日頃から攻撃は最大の防御と心掛けているので、奥襟をとって内股を攻めるのだが相手に何度も場外に逃げられた。主審は、相手が消極的とみて「指導」を相手に出した。

勝之は、拳をかたく握って大声で「初恵ちゃん！　頑張れ！」と声援を送った。隣にいた清蔵は、勝之の大きな掛け声を初めて聞いて驚いた。

初恵は勝之の声援に応えて、猛然と相手を倒して寝技に入り横四方固めで攻め、主審の「一本」という声が響いた。

勝之は「いいぞ！　その調子ー！」と腰を上げて叫ぶと、初恵は目で応えた。

次の相手はちょっと小太りで、どっしりとした構えで左襟を取って初恵を威圧するような足の運びで、どんどん前に攻め込んできた。初恵は釣込み足を仕掛けたが「警告」を受けた。このとき、再び「頑張れー」と勝之の声が飛んだ。

初恵は、相手が前に出て払い腰を掛けてくるので足払いで応戦していた。相手は強引に攻めてきたが、相手が前傾になった瞬間、釣込み腰で倒して一本を取った。

三人目の相手はチームの主将で、初恵よりひとまわり大柄であった。相手は二人倒されて、後がないので、積極的に繰り返し大外刈りと背負投げの連続技で攻めてきた。初恵は払い腰と内股で攻めを封じ釣込み腰を繰り返し仕掛けたが、相当な力で押され動きを封じられていた。

「思い切って、腰を入れろ！」コーチの太い声が響き、続いて「頑張れー」と勝之が叫んだ。

初恵は、その声援に応えるように、押し込んでいって大内刈りをとろうとしたが外され、相手に大外刈りをかけられ体勢を崩した瞬間、一本背負投げで倒されてしまった。

最後は主将同士の対決となった。わが方の主将小川は足技を得意としており、相手が前に出てくるところを出足払いを繰り返し仕掛けたが、内股、大外刈りと連続して攻め込まれ相手の圧力にたじたじの様子で苦戦して、小川は「指導」を受けた。さらに、押し返して払い腰で攻めたが強い力で押されていた。攻めを防いで回り込むのだが、消極的をみられ「警告」が宣言された。奮起して前に出ようとした瞬間、背負投げをくらって一本を取られ、わがチームは、残念にも一回戦で敗退してしまった。

退場しながらコーチが三人に、ねぎらいの言葉をかけていた。初恵が笑顔で頷き、試合が終わって肩の荷が下りたようにほっとした様子で会場を後にした。

十三、受験勉強

春休みに入ったが、来年二月には高校の入学試験があるので、そろそろ受験勉強の準備に入ろうと話し合った。

清蔵は、受験勉強のはじめに、一年時からの教科書を持ってこさせて、その要点を一通り説明していた。その後、二人で項目ごとの同じ問題をそれぞれが解いて論じ合い、互いに項目ごとのポイントを確認させることにした。そのために、二人で同じ問題集を使って解き合わせて、解き方を二人で話し合うことでより効果的な勉強ができるとアドバイスを与えた。

二人は町の書店で試験科目ごとに同じ問題集をそれぞれが買い求めてきた。

「一緒に解いて、大事な点を確認しながら、祖父に項目ごとのポイントを教わろうね」

「でも私、勝ちゃんのように、早く解けないよ」

「それでいいんだよ。来春まで一年間の長期戦なんだから」


三年の新学期が始まった。

菅原先生が担任になってからクラスの雰囲気が融和ムードになってきたので、初恵は、この雰囲気を保ってクラスがまとまり、二十五人が良き交友として卒業し、将来の思い出となる母校にしなければならないと考えていた。

初恵は、みんなが学習に向けて前向きになってくれれば、クラスの気運が高まり、全体の成果が上がると考えていた。そのムードメーカーになろうと、最初のホームルームで学級委員の選挙に自ら名乗り出て、立候補の挨拶をした。

「中学の最終学年です。私は、この一年を良き思い出に残る学校生活にするために、皆が協力し合い助け合って強い絆で結ばれる明るいクラスになるよう力を尽くします」

と抱負を述べて拍手喝采された。女の候補は飯島一人だけなので、全員が挙手して当選した。

加藤も選ばれて一緒に学級委員をやることになった。

五月になって、菅原先生は生徒の決意を促すために、卒業後の進路についての個人面談を始めた。ほとんどの生徒が高校への進学希望なので中間テストが近づくにつれて学習態度が見違えるほどよくなってきた。

初恵は、三年になっても柔道を続け、練習は火曜と木曜の週二回で道場からすぐに勝之の家に来て勉強をしていた。練習を終え、勝之の家に向かって堤の桜の前で立ち止まって見上げていた。

「ああ、すっかり葉桜になったわ。でも、この新緑も綺麗だね、このみずみずしい緑は若さの象徴だから、私の気持ちを鼓舞してくれるわ」

胸を張って独り言をいいながら、しばらく見とれていた。

ふと一本の若木の、川に面した梢に、葉が所々白っぽく透けて見える箇所を見つけた。変だと思ってよく見ると、小さな毛虫がぞっとするくらい密集していた。

初恵は、「これは大変だ、若葉が食べ尽くされる」と思って、急いで勝之の家に行って、毛虫のことを勝之の祖父に話した。

「ああ、やっぱり毛虫がついたか、あの若葉は美味しいだろうからな。早速、見に行こう」

　三人はそろって現場に行った。

「やあ、これは酷い、毛虫が密集している葉が二、三枚あるな。初恵君、よく発見してくれたね、ありがとう。多分、これはいま話題のアメリカシロヒトリに違いない。名前のとおり北米からの外来種でね。幼虫は薄い糸状の幕の中に群生して、食欲旺盛で勢力が強くて、いろいろな木の葉を片っ端から食い荒らすんだよ」

「ほんとう！　それは大変だ。若葉を失ったら枯れてしまう」

「そうだな、すぐに防除しないと、木は丸坊主にされちゃうな。造園と保健所に連絡しておいた方がいいな。でも、早めの処置が必要だから、とりあえず家にある防虫剤を薄めて散布しておこうか」

「僕も手伝うよ。初恵ちゃんも手伝ってね」

「いいわ、何でも経験だから」

「じゃ、用意してくるから、二人はここで待っていなさい」

「先生、持ってくる物があるんでしょ。私も一緒に行くわ。勝ちゃんは、他の桜にも毛虫がついてるかどうかを調べてよ」

初恵は、清蔵を先生と呼んでいた。彼女は頭の回転がはやく、毛虫の話を聞いただけで、防除に必要な用具を予想し、脚の不自由な勝之に代わって運び役をかって出た。

清蔵と初恵は、急いで家に戻った。清蔵は噴霧器を背負い、乳剤瓶をバケツに入れて持ち、初恵は大きな剪定ばさみと脚立を持ってきた。

「勝之、他の木には毛虫がいなかったか」

「もう一本の若木にも毛虫が密集してたよ」

「やはりな。初恵君に幼虫のうちに発見してもらってよかったな。成虫になると四散してあちこちに移動して樹木の葉だけでなく農作物まで食い荒らすそうだから、役場では見つけ次第、徹底的に駆除するようにと街の市報に載っていたからな」

「大きくなった毛虫は、あとはどうなるの」

「毛虫は、何度か脱皮して大きくなって、それから変身して茶褐色のさなぎになり、再び変身して白い羽根を持った蛾になって飛んでいって、桜やリンゴの若葉に卵を産み付けるんだよ、その卵から、初恵ちゃんが見つけてくれた小さな毛虫が生まれたんだよ。そうだ理科の教科書に蚕の一生が載っていたね。蚕も蚕蛾《カイコガ》といって、このアメリカシロヒトリと同じ蛾の一種なんだ」

清蔵は、よい機会だから、昆虫の変態について、卵からの孵化と、さなぎからの羽化を教えようと思った。

「大きくなった毛虫は這い回って、成虫になり樹皮の間や枯れ葉の中に繭《まゆ》を作ってさなぎになって、その中で冬眠するんだ。そして春の五、六月頃に繭から出て羽化して白っぽい小型の蛾になって飛び回って交尾をして、葉に産卵する」

「寒い冬を繭の中でさなぎになって過ごすとは、賢い生き方をするのですね」

初恵は頷きながら、清蔵に言った。

「初恵君は反応が早いね。昆虫の一生は変身の繰り返しなんだよ。蛾の産み付けた卵が毛虫にかえるのが孵化で、毛虫からさなぎになり、さなぎから蛾になるのが羽化なのだよ。毛虫からさなぎ、さなぎから蛾と全く似つかない形に変身するのを変態というのだが、長い地球の歴史の中で、自然環境の変化に適応して進化したんだろうね。桑の葉を食べる蚕もこれと同じ変態をして、絹糸をとる繭の中には、さなぎが入って冬眠しているのだよ。人間がさなぎの眠ってる繭をいただいて、絹糸を採るだが、繭をつくっている細い糸は、蚕が口から出して巻き上げたもので、一本に繋がっているのだよ」

「ほんとに驚きました」初恵は生物の生き方の不思議さに感心し、この昆虫の一生が入学試験に出たら正解が書けると思った。

「僕もいい勉強になった。でも、蚕はだれに教わるでもないのに、糸を吐いて徐々に自分を包み込んで、同じ形のきれいな繭玉を作れるのか不思議だし、その繭中で桑の葉がなくなる冬を眠って過ごすとはまったく驚きだなぁ」

「そうだね。生物の世界は実に不思議でいっぱいなんだ。生命の神秘というんだろうな」

「僕、生物の生態や生き方に、とっても興味があるんだ」

「ところで、昆虫講義はこのくらいにして作業に取りかかろうか。アメリカシロヒトリは害虫だから、見つけ次第焼却処理するようにと役所から通達が出されているので、毛虫のついた枝は、剪定ばさみで枝ごと切り取ってすぐにビニール袋に入れて家で焼却するからね」

清蔵は、二人を促して作業に取りかかった。

「じゃ、私が脚立に上って枝を切るわ。勝ちゃん、毛虫がついてる枝を教えて」

「初恵君に手伝ってもらって助かるなぁ。脚立に上るときは気をつけてな」

「ご心配なく、運動神経が発達してますから」初恵は敏速に行動を始めた。

勝之が示す葉には、毛虫はぞっとするほど密集していた。初恵は、毛虫など平気で枝を切り取って、勝之に渡していた。

「勝ちゃん。先頭の大きい木も調べてみてよ。葉が茂っているから、葉をかき分けてよく見てね。見落としたら、成虫になって這い回って別の木を食い荒らからね」

初恵は、持ち前のリーダーシップを発揮して勝之に言って、二人はそれぞれの木の葉を丹念に調べてた。

「毛虫のついた枝を全部処理したが、念のため防虫剤を散布しておこうか」

清蔵は、ゴム手袋をして防虫剤の乳液を薄めて噴霧器に入れた。

「散布の霧がかかるから、初恵君と勝之は風上の方に離れていなさい」

と言って、マスクをして手慣れた様子で木々に散布し始めた。

散布を終え家に帰ってすぐに、清蔵は伊豆造園の笹森社長に電話で、アメリカシロヒトリが桜についていたが、早めに一応の処置をしておいたことを告げた。

「そうでしたか。あちらこちらからアメリカシロヒトリの発生の連絡がありまして、社員に防除の散布をさせているところなんです。さすがに元園芸部顧問ですね、対処の仕方を心得ておられる。完璧だと思いますが、隠れた葉に残っている場合があるので、明後日に伺って調べてみます」との返答があった。

十四、卒業記念のさくら

菅原先生がホームルームで、境田綾子さんの母親が亡くなって、六月十七日の三時に景勝寺で葬儀が行われることを知らせ、行ける人はお焼香に行ってあげなさいと伝えた。

進学を迎えた大事な時期に病の床に伏している母を看病している境田を、初恵は度々励ましていた。梅雨に入って容態が悪化して亡くなり、悲しみに落ち込んでいる境田を初恵は肩を抱いて慰めていた。

葬儀には、女子生徒十二人と、男子生徒は勝之と佐藤、それに学級委員の責任を感じたのか加藤が焼香に来た。

菅原先生は、参加した生徒たちに、「お焼香、有り難う」と言い、笑顔で加藤の背を軽く叩いた。

初夏の陽射しがまぶしくなった。勝之が校門を出るとき、例の三人がいた。

「おいピコタン！　時々、初恵と一緒に学校から帰るが、どういう関係なんだ」

津田が、偉ぶって尋問するように聞いた。勝之は黙っていた。

「おい、何とか言えよ」西山が勝之を小突いて絡んできた。

「一緒に勉強してるんだよ」

「柔道のお勉強を一緒にしましょとか言って、寝技でこんなにしてな」

上田がにやけた顔で、両腕で抱きしめる仕草をして言った。

「僕は貴女を愛してますってな。あっはぁ、はぁー」

三人は、ヤジを含んだ下品な笑い声を上げ、津田が勝之に近づき、柔道の組手の真似をして衿を摑んで投げようとした。

そこに加藤がやって来て「おい！　やめろ！」と怒鳴ったので勝之は驚いた。

勝之は家に帰って清蔵に加藤のこの行動を話し、最近、加藤が変わって授業をよく聴くようになったことを告げた。

「おや、番長の加藤がね。菅原先生の指導がよかったんだろうね」

学期末の保護者会に出席した清蔵が、会の終了後に、

「加藤は、かなり素行がよくなったそうですね」と、菅原先生に言った。

「ことあるごとに学級委員として自覚と責任感をもたせて、小さな行為でも認めてやり、クラスのリーダーとして先頭に立ってクラスをまとめていくように指導してますので」

「なるほど、自分の行為が認められると自信になりますからね」

「近頃は、少し大人になりました。自己顕示欲が強いのですが、それなりの能力があり、リーダーシップもあるので彼の善い点を伸ばしてやれば、将来は思いがけない力を発揮する人物になるかもしれませんよ」

「さすがに、先生は指導を心得ておられる。すべての行動に責任感をもたせ、その行動を評価して自信をつけてやる指導がとても大事ですね」

「実は、彼の祖母が病気で寝込むようになり、母親は住み込みで働いていて祖母が親に代わって自分を育ててくれたのだと、彼が親身になって介護をしているんです。十日おきに町の病院に連れて行くと言ってます。ヘルパーが来るのですが決められた時間だけで帰るので、彼が炊事もやっているそうです。惣菜

をスーパーで買ってきて、ご飯と味噌汁をつくるだけだと言ってますが」

「そうですか、驚きました。それで境田君も同じ身の上にあると感じて葬儀に出たのですね」

「学級委員としての自覚もあったのでしょうね」

「祖母への介護から、思いやりの心が芽生えたんですよ。私は、彼の家を訪ねたときに祖母に会ってます。優しそうなお婆さんですが、かなりのお歳でしたからね。母親が介護をしないとならないのでしょうが、住み込みの仕事ではね、家族の生活が掛かってるから、その仕事を辞めるわけにいかないだろうし。介護は中学生の加藤にとってはかなりの負担だろうね」

「私も精神面で彼をサポートしてやろうと思ってます。進学を希望してますので、励まして希望をかなえさせてやりたいですね。奨学資金も貰えますから」

「公立高校なら、学費も掛からないからね。奮起させてやってください」

「根はいい子なんですよ。母親が旅館で住み込みの仕事なので、幼児期から祖母に育てられ、母親の愛情が乏しかったこともあって番長ぶって粗暴な日々を送ってたんですが、優しいその恩情に報いようと、黙々と介護をしているんですからね」

「私の持論ですが『善は善を呼び、悪は悪を呼ぶ』もので、善行が心を洗い流して、次の善行につながるものです。年寄りの荷物を持ってあげたり、道に捨てられたゴミを拾い集めるといった、どんな小さなことでもいいから自分で善いと思ったことをやると、とてもすがすがしい気分になるものです。何か一つでも善いことをやると、ストレス解消になると教えてきました」

「まったく同感ですね。小さな親切も自主的な行いは、心を清め気分を爽快にして。自分を引き上げてくれるものですね。その行為を褒めてやれば、次の善行を生むので、いじめなどなくなりますよ」菅原先生は自信に満ちた言い方をした。

「怒るより、善いところを褒める方が教育効果が上がり、悪い点に気づけば内面からの自己改革力で徐々に直っていくもんですよ。人は必ず己を正そうとするものを内在してますからね。その行為によって自信が湧いてくるものなのですよ」

清蔵は、菅原先生と意見が一致し、気持ちが通じ合って楽しくなった。帰宅

するとすぐに、家にある惣菜と野菜を包んで、

「加藤の祖母が病気で寝込んでるんで、彼が介護をしてるそうだよ。飯もつくってるらしいから、これを持って行ってあげなさい」

と、勝之に野菜と漬け物を渡した。

勝之は自転車に積んで出かけた。加藤に祖母の見舞いを述べて荷を渡すと、加藤は驚いた様子で、ぽつり「有り難う」と言って頭を下げた。


八月十二日に朗報が飛び込んできた。町長が清蔵の計画書に賛同して河川事務所の許可も得て、町議会に提案し、賛成多数で十一月十五日に植樹することに決定した。とりあえず、今年度は予備費から河津桜十本だけの植樹費用を出すこととし、堤に桜並木が出来るまで毎年河津桜の植樹を続けることが決まった。

町長は早速、このことを清蔵に電話で知らせてくれた。

勝之は、夢が実現していくことを喜び、翌日この町の計画を初恵に話した。

「よかったね。勝ちゃんは日頃の行いがいいから夢がかなえられたのよ」

「植樹は業者がやるんだけど、僕は若木の植樹のときのように、出来る範囲で手伝おうと思うんだ、植樹に参加したという気持ちになりたいからね。初恵ちゃんもそのとき手伝ってくれない？　まだ先のことだけどね」

「いいわ、私たちの卒業記念になるから喜んでやるわ。力仕事はまかしとき」

腕を曲げ力こぶをつくって、おどけて見せた。

初恵は、家に帰ってから、勝之と話していてふと出た卒業記念という言葉が胸の中で膨らんでいった。

「ああ、そうだ。卒業記念の植樹としてクラス全員で植えよう。それでみんなで育てれば卒業後も記念樹として誇りになるし、枝を折る者もいなくなる。春には、お花見に来てクラス会が開けるわ」

名案を思いついて声を出して独り言をいって壮快に笑った。早速、勝ちゃんに相談しようと勝之の家にやって来た。

「さっきの植樹の話だけど。桜はクラス全員で植えればいいと思うんだ。私たちの卒業記念樹になるし、全員での共同作業はクラスをまとめるのに役立つのよ」

「それはグッドアイデアだね。桜は春に花を咲かせて、僕らを毎年励ましてくれるから、最高の卒業記念になるね。造園の人たちに指導してもらって全員で植樹をしよう。さすが初恵ちゃんは発想がいいなぁ」

そばにいた清蔵もその話を聞いて、

「なかなかの名案だね。早速、菅原先生に相談しなさい」と即座に言った。

翌日、初恵と勝之が登校してすぐに職員室の菅原先生のところに行って、

「先生、町の予算で堤に十本の桜を植えることに決まったんです。先生が見に来てくれたあの堤の桜と並べて。堤を河津桜の名所にする計画なんだそうです」

と、勝之が気負って話した。

「その植樹をクラス全員で卒業記念としてやりたいんです。全員で協力して記念樹を植えることで、クラスがより一層まとまると思うわ。協の字は力を集めてプラスすると書くでしょ。力を合わせて心を一つにして汗を流すなんて、素晴らしいことだと思いますから、ぜひ、お願いします」

初恵は、目を輝かせて興奮しながら言った。

「おお、それはいい考えだ。町の植樹計画はどこで聞いたんだい」

「僕の祖父が、堤を河津桜の名所にする計画書を町長に出して、町議会で決定したんです。今年は、差し当たって十本の苗木を植えることになったそうです」

「堤を河津桜の名所とは伊東先生のアイデアか、実に素晴らしい。それと卒業の記念樹としてクラス全員が協力して植えるという初恵君の発想には脱帽するよ。それがクラスをまとめるのに役立つか、なるほどね。伊東さんに今回の植樹のことを詳しく聞いてから校長に相談しよう」

菅原先生は、またも飯島に先手を打たれたと、感心させられていた。

放課後、菅原先生は、清蔵から植樹計画を電話で確かめてから、飯島の考えを校長に話した。

「伊東先生は、町長を動かして植樹の計画を着実に実行に移されている。退職後も活躍されているとは、さすが伊東先生だね」と、校長は感心していた。

「この植樹は十一月十五日を予定しているそうですが、飯島初恵の発案で、今年の植樹は卒業記念としてクラス全員が作業に加わって業者と一緒になってやろうと言うのですが、どうでしょうか」

菅原先生は、飯島の考えを校長に話した。

「おお、それはいい、生徒の自主的な提案として職員会議にかけて、学校行事として教員も参加してやりましょう。生徒の良き思い出となるように大々的にね。毎年十本ずつ植えるのなら、毎年の卒業記念に生徒の参加で植樹をするのを学校行事にしてもいいね。わが校の記念樹で河津桜の名所ができるというのは、町の誇りになるだろうからな」

「ご賛成いただいて有り難うございます。卒業後、生徒たちも自分らが植えたのだと誇りに話すでしょう」

「菅原先生、忙しいでしょうが計画書を作成して下さい。計画書を教育委員会に提出しましょう」

教育委員会も大賛成で、この計画は町長に報告された。

「わが町の中学の卒業記念樹が、毎年増えて桜の名所になっていくとは、実に素晴らしいことだ。全国に誇れる名所になることが間違いないね」

町長は、公約に掲げた〈自然を活かした町づくり〉の一役を担うと大喜びであった。

菅原先生は、学級委員の加藤にもこの話をして、ホームルームで初恵が卒業記念の植樹をクラス全員でやることを提案した。

「みんな、よく聴いて。堤を桜並木にする計画があり、今回は十本だけですが、私たちの卒業の記念樹として、みんなで協力して植樹をしたいと思います。町長は、毎年の卒業記念に桜を植えて、河津桜の名所にしたいと言ってるそうです」

「おお、最初の植樹が僕らの卒業記念か。かっこいいな、いいぞ！　大賛成！」

加藤が最初に賛成の声を上げ、全員が大喜びで賛成の拍手が起こった。

勝之は、その日の桜日記に、「堤に十本の桜の友達ができることになり、初恵ちゃんの発案で卒業記念樹にすることになった。初恵ちゃんは素晴らしい女性です、将来、僕の伊東初恵になってね」と書いた。

業者は伊豆造園に決まり、十月二十日に植樹の作業を説明するため笹森社長が学校に呼ばれ、生徒たちと教員に作業手順や心得をプリントに沿って説明した。

卒業記念の植樹は、教育委員会に提出した計画書通り学校行事にすることになり、町長も出席して十一月十五日八時半に簡単なセレモニーの後、作業に掛かることになった。

三年生を前列にして全校生徒が整列し、その後ろに多くの保護者が並んでいた。

町長と校長の挨拶のあと、

「この記念の植樹を全員が力を合わせて行い、木を育てて毎年美しい花を咲かせ、卒業後、私たちも将来に向けて大きく成長し、桜と共に見事な花を咲かせましょう」

飯島初恵が生徒代表として挨拶した。

飯島の元気な挨拶に全員が沸き立ち、堤に設けられた会場から一斉に拍手が起こった。

事前に打ち合わせた通りに三年生が作業に当たり、五つの班に分かれて各班が二本の苗木を担当し、それぞれが家から持ち寄ったスコップや鍬を使って、伊豆造園の職員の指導のもとに移植作業が始まった。

作業に加わらない一、二年生は学校に戻ったが、篠崎先生は、加藤が率先して穴掘りに汗を流し、問題のグループの生徒たちも懸命に働いている様子を見て、加藤たちの変わりように驚いていた。

「初恵の挨拶は気に入ったな。『将来に向けて大きく成長し、桜と共に見事な花を咲かせましょう』だとよ、ああ、かっこいいー！　おれ、胸にぐっときたぜ」と、加藤が初恵の声をまねながら言った。

「この桜が私たちの卒業記念になると思うと、楽しくなるわねぇ」

相沢が手拭いで汗を拭きながら加藤に言った。

「十本の桜が満開になったら見事だろうな。ここでクラス会をやろうよ」

西山昭雄は同じ班になった勝之に、楽しそうに話しかけてきた。

「毎年桜を植えるというから、ここが桜の名所になるよ」

勝之は、皆が協力してくれているのだから、いじめを受けたことは忘れて、初恵さんが言うように前向きに生きようと心に決めた。

「みんなー！　お昼だよー！　川の水で手を洗ってから、昼飯にしよう！」

菅原先生が大きな声で皆に告げた。

町長の計らいで役場が提供したお握りと、保護者たちが手作りの揚げ物入り惣菜を配り、大きなヤカンでお茶を紙コップに注いで回っていた。

生徒たちは、陽光をいっぱいに浴びながら堤に腰を下ろし、笑い声を上げ和気あいあいとして食べていた。

「自然の中で食うお握りは実に旨いね。生徒たちも懸命に働いたので美味しそうに食べている。先生方のおかげで今日はとってもいい学校行事になりました」

校長は、並んで腰掛けている菅原先生と清蔵に言った。

「生徒たちも、今日の共同作業は生涯の良き思い出になるし、これでクラスの結束が強くなるでしょう」

菅原先生はこの企画がクラスをまとめる良薬になったと思い、さらに、車座になって笑いながら握り飯を頬張っている姿を眺めて、最近クラスの雰囲気が変わっただけでなく、加藤たちの仲間に暗い影がなくなって見違えるほど表情が明るくなったと感じ「これでいい！」と心で合点し、これを発案した飯島は将来が楽しみだ、と思った。

「町では毎年、植樹の予算を計上すると言ってますので、その年度の卒業生の記念樹として立て札を作ることにしました。わが中学の記念樹が年々増えて、ここが伊東先生のプランどおりに河津桜の名所になるでしょう。この計画は実に素晴らしいですな。菅原先生には段取りをつけていただき、おかげで計画がスムーズに執行できました。有り難う」

校長は軽く頭を下げた。

「私は大したことをしておりませんので。町長に植樹の計画を促したのは伊東先生で、卒業記念の植樹は、学級委員の飯島君の発案ですから」

「タイミングがよかったですね。新町長の公約が〈自然を活かした町づくり〉で、積極的で行動的なタイプの方なので、功を奏したのです。私も今回のように、卒業する生徒全員が協力して植樹をすることで、クラスの和が結ばれ友情の輪ができたのだと思います」

清蔵は、笹森君をはじめ園芸部員が協力して学校中に花壇をつくり、花に囲まれた中学という評判を得たことを思い出していた。

「私も同感です。生徒たちが共に汗を流すことで、心の絆が生まれるのですね」

菅原先生は、以前の陰鬱でまとまりのない学級が飯島が中心になって明るくなったことでほっとして、談笑しながら食べている生徒たちの方を見回していた。

作業は順調に運び、予定より早く、午後二時近くに終了し、それぞれが道具を片付けた。どの顔も事を成就した満足感と喜びをたたえていた。菅原先生は、加藤に今日の締めの挨拶をするように伝えていたので、目で加藤を促した。

加藤が学級委員として、植樹記念の立て札の横に立って、

「皆さんのおかげで無事、卒業記念の植樹を終えました。作業を通してクラスがまとまり、この作業からいろんなことを教えられました。花の咲く頃、この堤で毎年クラス会を開きましょう」と誇らしげに挨拶した。

「加藤！　よくやった。堂々とした挨拶で立派だったぞ！」

菅原先生は、加藤の肩をポンと叩いた。

一年のときの担任の篠崎先生は、加藤のこの姿に驚き、クラスがまとまって卒業できることを心から喜んでいた。

加藤は、初めて己の行動が認められ、褒められて喜びの涙を拳でしきりに拭っていた。

大きな河津桜と三本の若木に、記念樹の十本の若木が加わり、十四本の桜並木ができた。

勝之は、感動して涙があふれ出てきた。初恵も拳で涙を拭っていた。

植樹した桜を前にして、全員が堤の上に並んで記念写真を撮り、加藤由夫が音頭をとって、「バンザーイ！　バンザーイ！　バンザーイ！」という歓声が、伊豆の山々にこだました。

完

著者プロフィール

武田 祐哉（たけだ ゆうや）

昭和9年、仙台市生まれ。
昭和32年、東京理科大学理学部卒業後、教職につき都立富士高校、
都立上野高校、都立井草高校、都立新宿高校に勤務。
平成11年、定年退職。
既刊：小説『愛犬ジョニーよ、強く生きて』（文芸社）
『側室の恋』（文芸社）
『浅間の大焼け』（三省堂書店）

堤のさくら

2022年1月15日　初版第1刷発行

著　者　武田 祐哉
発行者　瓜谷 綱延
発行所　株式会社文芸社
〒160-0022　東京都新宿区新宿1-10-1
電話　03-5369-3060（代表）
03-5369-2299（販売）

印　刷　株式会社文芸社
製本所　株式会社MOTOMURA

ISBN978-4-286-23190-7